IL SOLE
NASCE PER TUTTI

LUCIA GRAVANTE

IL SOLE NASCE PER TUTTI

PIEMME

Pubblicato per

PIEMME

da Mondadori Libri S.p.A.

ISBN 978-88-566-7982-3

I Edizione gennaio 2021

Anno 2021-2022-2023 - Edizione 1 2 3 4 5 6 7 8 9 10

Finito di stampare presso Grafica Veneta S.p.A.
Via Malcanton, 2 – Trebaseleghe (PD)

Ai miei figli.
Loro sono la linea che ho seguito
per trovare la giusta strada.

Nella vita tutto è possibile.
Il problema non è riuscire a farlo.
Ma riuscire a crederci.

Quando scrivi una storia,
la stai raccontando a te
stesso. Quando la riscrivi,
il tuo compito principale
è togliere tutto quello
che non è storia.
Ciò che scrivi comincia
come una cosa tutta tua,
ma poi deve uscire. Dopo che
hai capito che storia è
e la scrivi nella maniera
giusta, o comunque al meglio
di cui sei capace, appartiene
a chiunque abbia voglia
di leggerla. O criticarla.

Stephen King, *On Writing*

Introduzione

Cosa mi piace dei libri? Una loro peculiarità: che puoi leggerli e… rileggerli, rileggerli, rileggerli. Tutte le volte che senti la necessità e la voglia di farlo. Ogni volta scoprendo cose nuove.

E perché un libro possa fare questo deve essere onesto e sincero, senza lusinghe o bugie.

I libri che mi hanno cercato nella mia vita (perché ricorda: sono loro che vengono a cercare noi) erano tutti così, semplicemente giusti per l'istante che stavo vivendo. Mi hanno fatto conoscere altre vite, altri pensieri e azioni. Il mio mondo si è allargato e colorato: ho sentito la necessità di cercarmi tra le pagine, fino a definire e scegliere l'immagine che ora ho di me.

Questo libro nasce da tutto quello che ho imparato ad affrontare e superare in questo processo. Nasce dalla paura, dal senso d'inadeguatezza in mezzo agli altri, dal timore di essere scoperta e additata come nullità, a volte anche dall'umiliazione.

Ma chi, almeno una volta nella vita, non è scivolato nel burrone di questi pensieri oscuri?

Così ho pensato di utilizzare la mia esperienza per

farti arrivare il messaggio in cui credo di più: tutti meritano una seconda possibilità, e ognuno di noi può superare i condizionamenti e la paura di non farcela.

In questo libro non troverai storie del tipo "tutti sempre felici e contenti", ma delle esperienze che parlano della possibilità di farcela nonostante le avversità. E condividerò con te alcune delle citazioni e dei pensieri delle donne e degli uomini (figure del campo della poesia, dell'arte, del cinema...) che mi hanno aiutata nella mia crescita interiore, aumentando in me, con il loro esempio, la fiducia, la tenacia e il coraggio.

Potrai rivolgerti a questo libro quando avrai bisogno di ricordare che già prima di te altre persone hanno affrontato le stesse paure, difficoltà e complicazioni della vita, e nonostante tutto sono andate avanti. Perché come ha scritto Paulo Coelho:

> **«Chiunque tu sia e qualunque cosa tu faccia, se desideri qualcosa con fermezza è perché questo desiderio è nato prima nell'anima dell'universo, ed è la tua missione sulla terra.»**

Ancora una cosa: negli anni della scuola media, un periodo buio e disperato, mi era balenata l'idea di scrivere un libro simile, che parlava di questi problemi attraverso gli occhi di una ragazza di allora. Non sono mai riuscita a farlo, la paura mi ha fermato ai blocchi di partenza, come sempre accadeva in quel periodo. Ed è stato giusto così, perché dovevo ancora capire molte cose.

Ma oggi, a mezzo secolo di vita (quanto mi sembra assurda questa espressione) sorrido a quei blocchi e sciolgo le gambe per correre via.

Impara a correre anche tu.

Buona lettura.

Lucia

LA FORZA DEI LEGAMI

«La sfida è che siamo il prodotto delle nostre esperienze passate, e tutto il nostro pensare è il risultato di questo»

MARK GIVERT

Sto guardando la foto della mia famiglia. A distanza di anni posso finalmente dire che abbiamo fatto tutto ciò di cui eravamo capaci in quel momento.

L'autore dello scatto (chissà chi è stato, non ricordo) ha colto quell'unità che ci eravamo costruiti, un po' per necessità perché non avevamo nessun parente vicino, ma soprattutto per amore. Stiamo sorridendo tutti. Mio fratello allarga le braccia sulle spalle di papà e di nostra sorella, mamma si appoggia a lei e mi chiude in un abbraccio, mio padre ha la mano sulla mia schiena. A voler approfondire, tutto l'insieme sembra dire: proteggiamo Lucia. Credo, a distanza di anni, che fosse una necessità sentita da tutti a livello inconscio, e non è un caso che mio padre mi apostrofasse continuamente con nomignoli come "passaguai" o "terremoto".

Che fossero le continue cadute (ho le ginocchia piene di cicatrici) o il difficile rapporto con gli altri, gli alti e i bassi a scuola o le mancate amicizie, sembravo il catalizzatore di tutte le sciagure.

Per spiegarne il motivo, devo partire da lontano…

È assurdo sentirsi straniera nel proprio paese, eppure a me è successo.

Io sono nata nel '67, in quel periodo c'erano delle forti reminiscenze di razzismo contro i meridionali. I miei genitori arrivano dal Sud, mio papà era un uomo molto elegante, che faceva un lavoro particolare, il daziere, in un paesino in cui tutti vivevano di agricoltura o lavoravano in fabbrica. E come sempre, quando arriva lo straniero cresce la rabbia. Siccome i compaesani non potevano indirizzare i loro sentimenti negativi contro di lui, che era un uomo adulto e distinto, con un carattere molto deciso, io diventavo l'antenna su cui si abbattevano tutti i fulmini.

Se poi ci mettiamo che ero proprio la classica bambina meridionale, con i capelli scuri e la carnagione olivastra... Le mie coetanee erano tutte bionde e carine, o almeno così mi sembrava. Al confronto, mi sentivo veramente un Calimero!

Fin dalle elementari mi sono trovata a contatto con dei compagni di classe, in particolare uno, che probabilmente in casa sentivano questo nervosismo, questa rabbia verso il forestiero, questo avercela con tutte le persone che arrivavano dal Sud. E non avendo gli strumenti per gestire certi sentimenti negativi, se la prendevano con me, fino a far diventare complicato ogni giorno passato con loro.

Ero arrivata al punto di raccogliere le mie lacrime nelle boccette delle vitamine. Mia madre non capiva cosa fosse quella piccola collezione, e io per non farla preoccupare le dicevo che quelle boccette mi servivano per giocare con la barbie. Ma era un modo per stipare da qualche parte questa cosa, mettere via il mio dolore e allo stesso tempo renderlo visibile.

Il mio rapporto difficile con gli altri è partito da lì.

Se fuori casa la situazione era complicata, in casa per fortuna avevo qualcuno con cui condividere giochi ed emozioni.

Pensare ai miei fratelli mi dà sempre una sensazione di grande calore, sono stati i miei compagni di avventure, i miei alleati e la mia rete di sicurezza. Ma soprattutto ci siamo divertiti tantissimo insieme.

Un ricordo in particolare mi fa sorridere sempre.

C'è il temporale, e noi tre prendiamo una coperta, quella che mamma usa per coprire il tavolo quando stira, ce la mettiamo addosso e camminiamo a ginocchioni per casa.

«Buuu! Buuuuuu!» cantiamo tutti e tre in coro, per scacciare la paura dei tuoni.

Mamma ci guarda un po' severa e un po' divertita.

«Insomma, mi serve!» dice indicando la coperta e trattenendo una risata.

Eppure non potrei immaginare dei fratelli più diversi.

Luigi ha due anni in meno di me, ed è sempre stato

un ragazzino popolare, di quelli che giocano bene a calcio e sono bravi a scuola, vincono le borse di studio e sono ammirati da tutti.

Lorella è la più piccola, fra me e lei ci sono cinque anni di differenza, e nei miei ricordi è strepitosa, spumeggiante.

Nessuno di loro due ha mai avuto difficoltà di socializzazione. Sicuramente a casa mia ero io a creare il problema, ma non ho mai provato invidia o gelosia nei loro confronti. Li amavo talmente tanto da non soffrire per il fatto che fossero più fortunati di me.

Mi sono resa conto subito di essere una primogenita strana. Forse ho aperto loro la strada e ho permesso che crescessero più armoniosamente di me, in maniera più centrata. E loro mi hanno permesso di non sentirmi obbligata a fare la sorella maggiore, finché poi nel tempo, quando ne ho avuto le forze, mi sono riappropriata molto serenamente di questo ruolo.

Siamo sempre stati, e siamo ancora, molto legati. Sapevamo di poter contare solo su di noi: tutto il nostro universo famigliare era composto da papà, mamma e noi tre.

A pensarci bene, una delle cose che hanno contribuito a definire fortemente la mia vita dipende proprio dai miei fratelli, perché in realtà avremmo dovuto essere in quattro. Prima di avere me, la mia mamma ha perso un bimbo molto piccolo, a pochi mesi dalla nascita, dopo un lungo ricovero in ospedale. È stato un momento molto difficile per i miei genitori, che negli anni hanno sempre fatto tanta fatica anche solo a parlarne, e credo che il mio arrivo sia stato accolto con gioia ma anche con molta ansia. Penso che questo abbia lasciato inevitabilmente dei segni sul mio cammino.

Ci sono legami che si intrecciano fortemente con la tua storia personale, tracciando la tua strada e anticipando i tuoi passi, e credo che quelli famigliari siano i più forti, nel bene e nel male.

Ogni tanto, se chiudo gli occhi, sono ancora lì nella casa della mia infanzia, il giorno prima della partenza per le vacanze estive, mentre mamma e papà preparano le valigie.

> **Io, Luigi e Lorella tiriamo fuori tutti i giocattoli, anche quelli che non abbiamo guardato per mesi, e giochiamo fino a sera, facendo una gran confusione e ridendo come matti.**
> **«Ma io devo fare le valigie!» sbuffa nostra madre, vedendo bambole, macchinine, corde per saltare e giochi in scatola sparsi per casa.**
> **Noi ridiamo ancora e corriamo via, verso un altro gioco, come se fosse l'ultimo momento di gioia prima di lanciarci verso l'ignoto.**

Ecco, forse è questo il senso della fratellanza: scacciare insieme le paure, sfidarle con una risata.

***Ci sono legami che
si intrecciano fortemente
con la tua storia personale,
tracciando la tua strada
e anticipando i tuoi passi,
e credo che quelli famigliari
siano i più forti, nel bene e
nel male.***

All'epoca non me ne sono accorta, ma i miei genitori vivevano la stessa situazione di isolamento, seppure da adulti, senza avere il conforto dei loro cari.

Mio padre Antonio veniva da una famiglia campana numerosissima, al punto che il numero esatto dei suoi fratelli è sempre stato una specie di leggenda metropolitana. Suo padre ai tempi della guerra era emigrato in America, e ogni volta che tornava faceva un figlio. Non ho mai capito se fossero quattordici, tredici o undici, perché ai tempi molti bambini non sopravvivevano ai primi anni di vita, e i racconti di mio padre e della sua famiglia spesso erano confusi. Il fatto che fossero così lontani ha contribuito a questa confusione, era come se la distanza creasse dei vuoti difficili da colmare.

In più mio padre non era disposto ad aprirsi tanto, non ho mai avuto un dialogo molto ampio con lui. Credo che fosse estremamente timido, anche se sembrava imponente e sicuro di sé, al punto da mettere spesso a disagio chi non lo conosceva. Col tempo ho compreso che, come molti altri uomini del suo periodo storico, faceva fatica a rapportarsi con le emozioni. Non riusciva a esprimerle. Non ricordo delle grandi chiacchierate con lui, spesso a casa era molto taciturno, quasi scostante. Era quel genere di uomo che fuori cercava di essere estroverso, ma appena ritornava fra le mura domestiche si chiudeva in se stesso.

Però quando era a casa sapeva comunicare una vicinanza che andava oltre le parole. È sempre stato un gran lavoratore, con un forte senso del dovere che lo spingeva a dare sempre il massimo in qualsiasi situazione, per questo spesso rimaneva alla sua scrivania fino a tardi, dopo cena, con la lampada accesa che diventava pian piano l'ultimo punto di luce nel nostro appartamento. Io vedevo quel lieve chiarore, che filtrava dalla porta semiaperta della cameretta, e mi addormentavo serena sapendo che lui era lì a prendersi cura di noi.

Essendo la primogenita poi, rispetto ai miei fratelli avevo qualche possibilità in più di passare del tempo insieme a lui. Infatti, mentre la mia mamma aveva a che fare con i due più piccoli della famigliola, io accompagnavo spesso papà nelle commissioni e negli impegni famigliari. Adoravo quelle piccole gite a due, ero la classica bambina innamorata del suo papà. Le feste e i matrimoni erano il mio momento preferito, perché avevo la possibilità di vedere un lato della sua personalità che non mostrava spesso. In queste occasioni diventava festaiolo, gli piaceva ballare... Sembrava togliersi di dosso il peso della serietà che si era imposto per lavoro, e ritrovare un contatto con qualcosa di profondamente vitale e luminoso dentro di lui.

Conservo nella memoria questa immagine molto nitida di noi due in una bellissima giornata di sole, mentre lui guida, io suono il clacson per accompagnare il corteo della sposa, e tutti e due ridiamo a crepapelle.

Forse, se fosse stato in un ambiente più favorevole e accogliente, avremmo avuto più occasioni di questo tipo, e avrei potuto seguire il suo esempio nel cercare di aprirmi agli altri.

Ma non era l'unico a vivere un tale conflitto. Forse l'effetto più forte di questo allontanamento dalla famiglia e dalla terra natia l'ha vissuto mia madre Giovanna, di origini pugliesi. Arrivata da una famiglia di ordine matriarcale, fatta di imprenditrici vissute in un'epoca in cui le donne difficilmente potevano scegliere la propria strada autonomamente e puntare all'indipendenza economica e sociale.

Mia nonna, che è mancata all'età di centocinque anni vissuti in splendida salute, è stata un baluardo della nostra famiglia. Quando parlava sembrava fatta per comandare, era molto carismatica, di grande polso. E a sua volta questo le era stato insegnato da sua madre, la mia bisnonna, che aveva lasciato il marito dopo averlo scoperto a sperperare tutti i suoi soldi, e aveva messo in piedi un'attività commerciale per prendersi cura di se stessa e della figlia. Questo di certo le ha spinte a uscire dagli stereotipi e dalle convenzioni, dimostrando grande spirito d'iniziativa e allontanandosi dal ruolo subalterno in cui erano costrette le donne ai loro tempi, nel bene e nel male. Io non mi ricordo mia nonna, che vedevo tutti gli anni d'estate, come la classica nonna dolce e accogliente; è sempre stata una persona molto forte ma anche un po' distaccata, e però credo che questa vita inusuale le avesse dato la profonda convinzione che una donna potesse fare qualsiasi cosa.

Mia madre ha iniziato presto a lavorare nel negozio di famiglia, in cui si vendevano abiti da sposa e articoli per il corredo nuziale. Sembrava destinata a seguire le orme delle donne che erano venute prima di lei, ma una volta allontanatasi da questo contesto, è come se fosse scivolata lentamente verso la chiusura in se stessa. La lontananza dalla sua famiglia d'origine deve avere creato una crepa nella sua vita perché venendo al Nord, invece che mantenere la sua indipendenza, lavorare e guidare come aveva sempre fatto, si è come persa.

Credo che fare la casalinga non fosse ciò che voleva davvero. Anche se ha sempre dichiarato di abbracciare volontariamente questo stile di vita, si contraddiceva quando ripeteva a noi figli quanto fosse importante essere indipendenti. Probabilmente c'è da aspettarselo, se passi da una situazione per cui tu sei riconosciuta per l'appartenenza a una determinata famiglia e a un determinato luogo, per il fatto che a livello sociale hai una certa posizione, e poi a un certo punto ti sposti in un luogo dove non ti conosce nessuno, non hai i riferimenti affettivi, ti ritrovi con la nascita quasi immediata di un bambino che però incontra subito terribili difficoltà, fino a venire a mancare... Credo che tante cose di questo genere abbiano inciso fortemente sulla sua chiusura nei confronti del mondo. Le quattro mura di casa le devono

Questo il senso della fratellanza: scacciare insieme le paure, sfidarle con una risata.

essere sembrate un rifugio sicuro, ma sono diventate anche la gabbia in cui ha segregato una parte di sé.

Ma perché non ha mai più provato a seguire quello che sentiva, se invece con noi figli insisteva sull'importanza dell'indipendenza? Questo pensiero mi ha turbata a lungo, ma poi ho capito che moltissimi di noi non seguono quello che sentono. Si adattano, e si autoconvincono che le cose non sarebbero potute andare diversamente.

«La vita è così», questa è una delle frasi tipiche di mia madre. Ma così come? Viviamo una vita piena di condizionamenti, di passi che sembrano lineari, tanto da farci sentire in colpa se non li facciamo al momento giusto e nel modo giusto secondo le convenzioni sociali. Ma non è giusto. In ogni momento ti è data la possibilità di scegliere. E di cambiare, se ciò che vivi diventa stretto e non ti permette di essere la versione più felice di te stesso.

Non importa da dove arriviamo, chi siamo stati, cosa pensavamo o come agivamo prima, come dice Louise Hay:

> **«Ogni momento della vita è nuovo e fresco [...] Mi rallegro sapendo che posso usare le capacità della mia mente in qualsiasi modo io scelga. Ogni momento di vita è un nuovo passo, in un continuo allontanarsi dalla vecchia strada. Questo istante è per me un nuovo punto di partenza, esattamente qui e ora.»**

UN'INFANZIA FUORI POSTO

«Ognuno di noi ha i propri mostri, i propri fantasmi: si possono chiamare ossessioni, paure, condizionamenti, senso d'inadeguatezza, aspettative e chissà in quali altri modi ancora. Sappiamo, però, che sono vivi e sono il filtro attraverso cui chiunque matura la propria, personale, visione del mondo.»

LUCIANO LIGABUE

Ci sono persone che crescono e maturano consapevolmente, e altre che lo fanno inconsapevolmente. Molti pensano di essere sempre uguali e immutabili, fedeli a un'immagine fissa nel tempo, ma in realtà il cambiamento avviene in ogni momento della nostra vita, le occasioni arrivano per chi le sa cogliere, e il segreto è cercare di vedere gli appigli che la vita ci pone davanti per riuscire a reagire nel modo giusto. Se l'avessi capito prima, mi sarei risparmiata molte sofferenze.

In ogni periodo della mia vita mi sono successe delle cose che ruotavano sempre attorno agli stessi concetti e problemi. Il mio *mood* è stato per molti anni: «Non sono capace, sono inadeguata, sono brutta, qualsiasi cosa faccio non va bene». E il problema era che queste idee non erano solo mie, perché mi arrivavano di rimando anche dagli adulti. E per adulti non intendo il nucleo famigliare, ma tutto il mondo esterno. Per me è stato terribile.

Vivevo in un contesto di paese molto chiuso, ho avuto insegnanti poco illuminati, e mi sono portata dietro per anni delle grandi difficoltà nelle relazioni sociali e di amicizia. E giorno dopo giorno, pensando di non poter cambiare questa situazione, mi adattavo come potevo cercando delle strategie di sopravvivenza.

Quando anche le cose più banali della vita quotidiana come giocare con i coetanei, fare semplici commissioni per tua madre, o parlare con un ragazzo guardandolo negli occhi sono peggio che andare dal dentista, un dubbio piano piano si spande in ogni tua cellula fino a diventare certezza: sei semplicemente inadeguata per vivere come tutti gli altri.

Se poi questo senso d'incapacità dura nel tempo, senza mai abbandonarti, devi trovare qualche "magia" che ti faccia andare avanti, che ti permetta di sentirti in qualche modo "normale".

Per far fronte alla situazione di inadeguatezza che mi accompagnava sempre, usavo dei rituali tutti miei.

Uno era lasciare le ciabatte ben allineate vicino al letto, e facevo anche quella cosa che fanno un po' tutti da bambini di camminare sulle piastrelle senza toccare i bordi. Per un certo periodo mi ero addirittura inventata un tic, tiravo indietro la testa di scatto; quando mia madre se n'è resa conto si è fatta un pianto davanti a me per farmelo passare, e credo abbia funzionato, perché ho smesso.

Questi rituali mi servivano per darmi una sorta di calma interiore. Era come avere un talismano che mi permetteva di non cadere nel baratro, perché la sensazione di precipitare era talmente forte che forse ricorrere a queste cose era un modo per esorcizzare. Come a dire: «Allora guarda io mi impegno, mi fermo a fare questa cosa con attenzione in modo che dopo le cose vadano bene».

E poi c'era sempre la preghiera.

Soprattutto alle superiori. Quando lentamente mi avvicinavo all'essere interrogata, perché nella classe quasi tutti erano già stati chiamati, mi prendeva l'agitazione. Allora cosa fa una persona normale in questi casi? Studia. Invece no, io pregavo. Finché rimanevamo in due o tre, e allora trovavo la forza di mettermi sui libri.

«E allora perché non hai studiato subito?», ti starai chiedendo, ma vuoi mettere la sensazione di percepire che qualcuno ti protegge dall'alto?

E puntualmente riuscivo a restare indenne quel tanto che mi permetteva di mettermi a studiare per passare l'interrogazione. Questa specie di rituale era più forte di qualsiasi approccio razionale. Più che di un'accettazione della scuola, delle sue regole e delle sue sfide, avevo bisogno di sentirmi accudita da un'entità superiore, quasi un principio di bene cosmico, che mi rassicurasse sulla possibilità di far andare tutto bene anche quando mi sentivo inadeguata e fuori posto.

Ora che ci penso, la spiritualità vista in modo personale è stata il mio secondo spazio neutro, dopo la biblioteca. Al punto che il giorno prima dell'inizio delle riprese del docureality ambientato in un collegio a cui ho partecipato, ho sentito il bisogno di entrare in una chiesetta di fronte al mio alloggio, solo per la sensa-

Se questo senso d'incapacità dura nel tempo, senza mai abbandonarti, devi trovare qualche "magia" che ti faccia andare avanti, che ti permetta di sentirti in qualche modo "normale".

zione di essere in uno spazio tranquillo, distante dalla frenesia della vita quotidiana.

È come se avessi il mio divino interiore e personale, in un certo senso. Mio marito sostiene che io faccia un po' la furba: non vado a messa ma ho un credo tutto mio.

Sono molto legata alla figura dell'angelo custode, una presenza che ho sempre sentito vicino. Fin da piccola, quando le cose non mi funzionavano, io parlavo con il mio angelo custode.

> La ragazzina del piano di sopra sta festeggiando il compleanno. Mi ha invitata, e per me si tratta di una cosa fuori dal normale: finalmente mi considera! Ma sua madre si è dimenticata di dirlo alla mia, e così non ho il permesso di salire.
> «Non è vero che te l'hanno detto loro, tu vuoi autoinvitarti.»
> Protesto, pesto i piedi, ma non c'è niente da fare. Intanto sento che al piano di sopra iniziano i festeggiamenti. Mi chiudo in camera, in lacrime, e prego.
> «Per favore, angelo custode, per favore...»
> Drin!
> Corro alla porta con il cuore in gola. È la vicina, che mi dice: «Lucia, ma perché non vieni al compleanno? Guarda che ti stiamo aspettando».
> E io so che è stato lui, l'angelo custode, ad aiutarmi di nuovo.

L'angelo custode è stato un grande amico per me. Anche non volendolo legare strettamente alla religione, credo che sia bello sdoganare il principio per cui possiamo avere un'entità superiore a cui dire: «Sai che c'è, mi dai una mano? Perché io sono messa un po' male…». E siccome ai tempi ero sempre messa male, l'angelo custode è stato una costante e mi ha aiutata a superare molti momenti di solitudine. Era come una camomilla, un balsamo per le mie paure. Soprattutto quando nemmeno gli adulti erano in grado di capire i miei problemi.

In prima elementare ho cambiato dieci supplenti. Poi è arrivata la maestra di ruolo, e allora avevamo un'unica insegnante: se ti andava bene, bene, se ti andava male invece…

Credo che come insegnante sia stata senza infamia e senza lode, però ha costituito per me un modello: sicuramente rappresentava qualcosa di diverso da mia madre perché guidava, lavorava, fumava… Aveva quella presenza, quell'atteggiamento delle donne che lavorano e sono indipendenti.

Io volevo essere come lei, e durante tutto il periodo delle elementari ho giocato a fare la maestra. Mi ero fatta il portapenne di carta, la borsa di carta, i documenti… persino le sigarette di carta! Passavo pomeriggi interi a immaginare il mio futuro seguendo le sue orme, con il mio lavoro, la mia famiglia e la mia routine da donna molto impegnata. Ora mi rendo conto che non era un modello incredibile o inarrivabile, ma rappresentava la possibilità di diventare qualcosa di diverso da ciò che vedevo a casa. Non credo che lei abbia mai pensato volontariamente di incidere in modo positivo sulla mia vita, di aiutarmi; non era quel genere di insegnante. E probabilmente non si è nemmeno accorta dell'ammirazione che provavo nei suoi confronti. Ma questa immagine di me stessa che mi ero costruita mentalmente grazie a lei mi è servita a iniziare a capire di avere una possibilità di scelta.

Per quanto riguarda l'istruzione, quegli anni ho vissuto di rendita, perché lei a un certo punto è diventata amica dei miei genitori, e forse su molte cose ha lasciato correre. Non credo di avere avuto una grande educazione elementare, però credo che dentro di me gli strumenti ci fossero. Ricordo che un giorno ci hanno fatto un test d'intelligenza, valutavano il QI. Ho risposto correttamente a tutte le domande tranne una, che mi hanno ripetuto a voce.

«Ma pesa più un chilo di ferro o un chilo di paglia?»
«Un chilo di ferro!» rispondo convinta.

Se ci ripenso ora mi sembra molto buffo, ma nonostante sia caduta per due volte nella stessa domanda trabocchetto non dovevo essere il disastro che pensavo di essere, visto che il resto della prova era andato bene.

Probabilmente mi mancavano le nozioni, e le magagne sono saltate poi tutte fuori alle medie, insieme a molti altri problemi che hanno contribuito a rendermi la vita non facile.

E dire che io ero entusiasta di andare alle medie… La sera prima mi ero tirata fuori dall'armadio una gonna verde militare, le sneakers e un maglioncino blu. Avevo buon gusto nell'abbigliamento, forse anche questo dava fastidio ad alcuni. Mi ero creata delle grandi aspettative di un nuovo inizio.

E invece il primo giorno ecco già una mazzata. «Eh, ma come ti sei vestitaaa…»

Nella mia stessa classe ho trovato molti miei compagni delle elementari, tra cui il bullo per eccellenza, che ha continuato a martellarmi in un modo pazzesco tutti i giorni, senza saltarne nemmeno uno, come se si fosse preso l'impegno e dovesse timbrare il cartellino.

Dopo qualche presa in giro generica, un giorno deve avere deciso di dover dire a tutto il mondo che io avevo i baffi. E siccome alle medie studiavamo inglese, poteva anche prendermi in giro in più lingue, per cui i baffi sono diventati i *moustache*.

"Moustache" è diventato il motivo costante delle mie giornate. Per colmo di sfortuna ho incontrato degli insegnanti che probabilmente dovevano ancora chiarire dentro se stessi quale fosse la loro idea dell'insegnamento. Avevo questa professoressa di lettere tutta perle e borse firmate, che mi guardava, vedeva che dietro di me c'era un ragazzino intento a sussurrarmi «moustache, moustache, moustache» a ripetizione, e nonostante questo continuava a interrogarmi senza dire nulla. Con estrema freddezza, mi diceva: «Gravante tu non sai parlare». Come se fosse tutto normale, e non avessi motivo per non riuscire a concentrarmi.

Da adulta per un certo periodo della mia vita ho fatto l'insegnante, e so benissimo che chi è seduto alla cattedra si accorge di tutto. Se decide di non intervenire, lo fa a propria discrezione, ma non è possibile non vedere una situazione del genere. E scegliere di ignorarla è una decisione calcolata, con le sue specifiche ragioni che nulla hanno da spartire con l'insegnamento.

Credo che un po' di malcontento nei miei confronti, da parte dei professori, fosse nato anche a causa di mio padre. Guarda caso, subito dopo le assemblee coi genitori, nelle quali lui probabilmente non gliele mandava a dire, finivo sempre per essere interrogata e sentirmi dire: «Tu non sai fare niente, tu non sai parlare l'italiano». Era una mortificazione continua. Ovviamente i miei risultati hanno iniziato a calare, non riuscivo più nemmeno a sostenere le interrogazioni. Per tre anni sono andata avanti così, credendo sempre di meno in me stessa e iniziando a cercare scorciatoie che probabilmente non mi sarebbero nemmeno servite, se qualcuno mi avesse mostrato il mio vero potenziale.

Sto facendo un compito in classe. Non sono preparata, o forse semplicemente non sono abbastanza sicura di me, e quindi mi sono portata un bigliettino. L'ho appoggiato sulla sedia, nascosto fra le gambe. Sta quasi per finire il tempo. Va tutto bene, la prof non mi ha beccata.
All'improvviso si alza lui. Lo vedo con la coda dell'occhio e mi irrigidisco, come ogni volta che si avvicina. Invece mi supera, e va verso la cattedra.
«Professoressa, la Gravante sta copiando!»
La sua voce risuona nella classe, inchiodando tutti gli occhi su di me.
In quel momento suona la campanella dell'intervallo, ma nessuno dei miei compagni si muove dal banco.
La professoressa si alza, viene verso di me e mi chiede: «Allora?».
«Ancora un attimo, per favore...» sussurro io.
«Ti darò il tempo dell'intervallo», risponde lei severa, e resta lì a fissarmi dall'alto verso il basso.
Io ho quasi fatto, ma se mi alzo lei vedrà il bigliettino. Istintivamente metto la mano fra le ginocchia per coprirlo. I miei compagni pian piano si alzano, c'è chi addenta la merenda, chi scambia qualche parola, ma il centro dell'attenzione sono io, e mi sento accerchiata.
Ho tutta la classe attorno che trattiene il fiato,

e non vede l'ora che io faccia una figuraccia. Anche io trattengo il fiato e cerco di non fare passi falsi, è una questione di sopravvivenza. Comincio ad accartocciare molto lentamente il bigliettino, mentre scrivo le ultime frasi tirandola un po' per le lunghe in modo da guadagnare tempo. Ecco, il bigliettino è ora una minuscola pallina nel mio palmo sinistro. Finalmente posso alzarmi. Consegno il compito alla professoressa, con un sorriso nervoso. Lei mi lancia un ultimo sguardo severo, e torna alla cattedra. Il bigliettino finisce tutto appallottolato nella mia tasca, al sicuro. Posso riprendere a respirare.

Sono contenta di non essere stata beccata, certo, ma soprattutto sono contenta di non aver dato a nessuno la soddisfazione di vedermi inciampare in questo errore.

Ricordo di essermi sempre sfogata tantissimo con mia madre; me ne stavo seduta in un angolo tra il frigo e il muro e le raccontavo tutti i miei tormenti, poi però la palla passava a lei che mi tramortiva di parole. Era un po' logorroica, adesso che ci ripenso!

Fino a un certo punto della mia vita, queste sue parole sono state il fondamento del mio modo di vedere il mondo, e mi lasciavano spesso intendere che ogni mio guaio fosse in fondo colpa mia.

Sono convinta che lei mi parlasse in quel modo pen-

Rischi di andare avanti
per tutta la vita pensando
che devi solo zampettare,
quando invece potresti
aprire le ali e volare.
E questo non è uno spreco
solo per te, è uno spreco
per il mondo che si vede
privare delle tue qualità,
della tua unicità
e delle tue potenzialità.

sando di aiutarmi, perché a sua volta era stata cresciuta così, e questo la portava a filtrare la realtà attraverso certi schemi mentali legati alla colpa e alla rinuncia. Tutti noi raccontiamo e spieghiamo quello che accade, non solo a noi stessi ma anche agli altri, attraverso la mediazione della nostra esperienza. E non è un caso secondo me che la sua scelta di vita sia stata fatta di passi indietro, di rinunce a certe forme di libertà e indipendenza per rinchiudersi nel ruolo di casalinga e madre. Le è sembrato di non avere altra scelta, si è detta «questa è la mia vita e devo fare così».

Rispetto a mia madre è questa la vera scissione che sono riuscita a fare: sostituire il senso di colpa con il senso di responsabilità. Questo cambio di prospettiva rimette tutto in gioco: non sono io che sono limitata in senso assoluto, è il mio agire in un dato contesto a esserlo, e se voglio posso cambiare in ogni istante, devo solo accordarmi il permesso di ricominciare da capo.

C'è comunque una parte di responsabilità che mi posso assumere per poter gestire il mio vissuto e fare pace con il mio passato, ma questo non vuol dire che devo gravarmi della colpa, o che se mi è capitato qualcosa di male è perché in fondo me la sono cercata.

Penso al libro *Messaggio per un'aquila che si crede un pollo* di Anthony de Mello, che mi ha fatto molto riflettere su una cosa estremamente importante: il rischio è che ci siano migliaia di aquile che sono cresciute come polli e quindi percepiscono l'idea di poter arrivare solo fino a un certo punto. Così tu rischi di andare avanti per tutta la vita pensando che devi solo zampettare, quando invece potresti aprire le ali e volare. E questo non è uno spreco solo per te, è uno spreco per il mondo che si vede privare delle tue qualità, della tua unicità e delle tue potenzialità.

E questa è forse la nuova direzione che mi piacerebbe mostrare alle generazioni future. Quando fai questo cambio di prospettiva, capisci che in ogni momento puoi assumerti le responsabilità delle tue azioni e decidere di cambiarne il corso.

Se è vero che ogni figlio porta un avanzamento a livello umano rispetto ai genitori, e può dare il suo personale contributo alla collettività, a me piace pensare di aver fatto un salto di pensiero rispetto a mia madre, e mi auguro che i miei figli vadano oltre la mia visione di vita, la mia capacità e la mia intelligenza, in un continuo miglioramento generazionale.

Un primo ragionamento di questo tipo, una prima vera presa di coscienza del fatto che fosse possibile migliorare la mia situazione, se solo mi mettevo in testa di farlo, è arrivato alle superiori.

Io studiavo sicuramente meno di quanto avrei dovuto, perché ero convinta di valere talmente poco che non mi sembrava nemmeno il caso di tentare, ed è un peccato perché le volte in cui mi mettevo d'impegno riuscivo a ottenere dei grandi risultati.

Al secondo anno delle magistrali, l'insegnante d'inglese ha cominciato a farci fare le verifiche con la costruzione delle frasi utilizzando il periodo ipotetico. Il panico! Ho iniziato a viaggiare sul tre, il quattro, il quattro al cinque… Ovviamente c'era la prima della classe che ha compreso tutto al primo colpo, ma per le altre è stato un disastro, e allora cercavamo di darci una mano a vicenda.

Sono a casa di una compagna, e stiamo studiando per capire come si fanno quelle maledette frasi in inglese.
«Dai, vieni da me dopo la scuola, che facciamo un po' di ripasso», mi ha chiesto oggi durante l'intervallo, e sono davvero contenta di essere lì con lei. Un po' perché mi piacerebbe arrivare alla sufficienza, e un po' anche perché magari, con la scusa dell'inglese, riesco a farmi una nuova amica…
Ma le mie speranze si infrangono mentre siamo chine sui libri.
All'improvviso lei alza lo sguardo su di me, con un mezzo sorrisetto, e mi dice con tono saccente: «Fidati, tu hai proprio bisogno di andare a ripetizione, perché non ti basta quello che stiamo facendo adesso: l'inglese non lo capisci per niente…».

Oh, se dici una cosa del genere a una come me… mi rendo conto che potrei anche diventare presidente della Repubblica, se qualcuno mi dicesse che non posso farlo! Mi ha talmente fatto saltare i nervi che, appena tornata a casa, ho preso il libro e ho ricominciato da capo, dalla prima pagina. Poi ho chiesto a tutte le mie compagne i loro appunti, e li ho trascritti frase dopo frase, finché non ho capito tutti i meccanismi. Infine ho ripetuto tutte le spiegazioni della grammatica in inglese, per prepararmi alle interrogazioni.

Durante le prime verifiche non ero ancora convinta di essere abbastanza preparata, così prima di consegnare confrontavo le mie risposte con quelle della prima della classe, che era generosa e aveva accettato di aiutarmi. Erano praticamente sempre giuste.

«Evvai!»

Ho iniziato a prendere otto o nove anziché quattro.

Ma ecco il mondo degli adulti che mi voleva di nuovo spingere indietro. Anziché essere contenta, la professoressa sembrava quasi seccata, come se non mi credesse in grado di capire il meccanismo.

«Ma l'hai fatto tu?» mi chiede, guardandomi storto.

«Sì...» balbetto io, e mi sento un po' in difetto perché prima di consegnare ho sbirciato come sempre il compito della prima della classe, quindi mi sento come se stessi barando. Ma la verità è che dopo aver sbirciato non ho cambiato nulla: io e lei abbiamo dato le stesse iden-

tiche risposte. Anche se pare incredibile a me per prima, sto davvero imparando l'inglese.

A quel punto la professoressa di solito mi interrogava per capire se davvero fosse farina del mio sacco, io rispondevo correttamente e lei confermava controvoglia i miei bei risultati. Ho iniziato a prendere otto, nove... voti che non pensavo di arrivare a raggiungere, ma che invece improvvisamente erano alla mia portata.

È la fine dell'anno scolastico, la professoressa mi chiama alla cattedra e mi dice: «Effettivamente ho visto il tuo miglioramento, ma ho deciso di fare una griglia matematica con quello che hai preso all'inizio dell'anno, quindi ti meriti 6».

Al momento sono stata persino contenta di quella sufficienza, ma ora mi guardo indietro e capisco che mi sarei meritata di vedere maggiormente premiato il mio impegno. Era talmente evidente il salto di qualità estremo che avevo fatto, da meritarmi almeno il sette, se non l'otto! Una buona insegnante, almeno come la immagino io, avrebbe fatto in modo di premiare e valorizzare quel comportamento e di creare un rinforzo positivo che avrei potuto estendere anche ad altri ambiti. E invece sono di nuovo stata sminuita, il messaggio che mi è arrivato per l'ennesima volta è stato: «Tu non sei abbastanza, non ce la fai, quando eccelli è solo frutto del caso».

Ma ho deciso di ribellarmi a quel messaggio, e anche adesso in alcuni momenti della mia vita, quando ho più bisogno di ritrovare le forze, io faccio appello a quel momento e dico: «Se io ce l'ho fatta allora, posso farcela anche adesso». È stato come fare il balzo sul gradino successivo. E non mi importa che non sia stato riconosciuto, io lo so e gli do il giusto valore.

STRANIERA NEL MIO PAESE

«Non importa se vai avanti piano, l'importante è che non ti fermi.»

CONFUCIO

Ho vissuto nello stesso piccolo paesino del Piemonte da quando avevo tre anni fino a quando ne ho compiuti ventotto e mi sono sposata.

Era un comune tutto sommato ricco, fiorente. Ai tempi aveva circa duemilacinquecento abitanti, ed era sempre stato principalmente dedito all'agricoltura, ma negli anni precedenti erano state aperte due fabbriche del settore automobilistico, una a nord e una a sud dell'abitato, e quindi la comunità era divisa fra chi lavorava per un'azienda e chi lavorava per l'altra, ma con un'identità comune di fondo. L'economia girava, molti oltre al lavoro in fabbrica avevano anche dei terreni da coltivare, si può dire che in generale la popolazione fosse abbastanza benestante.

C'erano una serie di negozietti a conduzione famigliare, perché il comune non era ben collegato con l'esterno: mancava persino la stazione ferroviaria perché all'unanimità il paese aveva votato contro il passaggio del treno, per non rovinare la tranquillità. Questo creava una sorta di isolamento autoimposto, ed era inevitabile restare sempre in mezzo alle stesse persone, con gli stessi schemi mentali.

Gli abitanti si sentivano parte di un gruppo esclusivo e dalle solide radici, e volevano mantenere fortemente le loro tradizioni. Era un ambiente molto brillante e spumeggiante, per chi ne faceva parte, e c'era una Pro Loco decisamente attiva che si dedicava all'organizzazione di molte fiere e manifestazioni.

C'erano i tornei di calcio, i tornei di pallavolo, il carnevale, le feste paesane... C'era persino una famosa gara podistica in grado di richiamare atleti da tutto il mondo, si chiamava "la quattro giorni". In un paesino così piccolo, tra agosto e settembre, era incredibile vedere confluire centinaia di persone da diverse nazioni per poter correre. Tutto il borgo si animava. Io avevo un punto di vista privilegiato sulle manifestazioni paesane, perché abitavo in centro, in una piccola palazzina che al piano terra ospitava la banca, ed era situata di fronte al castello.

Si può dire che il castello fosse il cuore di tutto. Un'ala era dedicata agli uffici comunali, all'ambulatorio e alla mia amata biblioteca, e c'era anche l'ufficio del dazio, dove mio padre lavorava. Subito accanto, c'erano l'asilo, le scuole elementari, le medie e l'oratorio.

In quest'ultimo c'era un convitto in cui vivevano tantissimi ragazzi. La domenica sera arrivava il pullman da Torino e ci portava decine di studenti che venivano a passare tutta la settimana dormendo nell'edificio dell'oratorio e frequentando la scuola pubblica insieme a noi. Si può dire che il paese si popolasse di gioventù ogni fine settimana!

Insomma, c'era un ribollire di stimoli nuovi, di occasioni per riunirsi, di situazioni di condivisione e conoscenza reciproca... ma era come se questo non mi riguardasse.

Tutto questo fermento pazzesco a me sembrava precluso. Era come trovarmi davanti a un negozio di dolci bellissimi e non poterci entrare, non poterne mangiare. Credo che questo fosse fortemente legato al fatto che mio padre e mia madre per primi fossero percepiti come degli immigrati, degli estranei che per qualche motivo erano arrivati lì da fuori, ma non facevano davvero parte della comunità. E quando percepisci la difficoltà dei tuoi genitori a integrarsi, questa difficoltà diventa immediatamente anche tua. Ti senti fuori posto, bloccata, non del tutto autorizzata a essere lì e comportarti come gli altri.

Ai tempi, tutti i bambini e ragazzi passavano i pomeriggi in cortile, ma per me l'idea di scendere a giocare era sempre grande fonte di ansia e imbarazzo, perché spesso mi trovavo di fronte al rifiuto.

Non so quanto ogni opportunità mi fosse effettivamente negata dai miei coetanei o dagli adulti, e quanto fossi io a precludermi delle possibilità mentre invece avrei dovuto insistere e ritagliarmi il mio posto in mezzo agli altri. Ma dopotutto, se tu provi a fare dei passi e ogni volta percepisci chiaramente questa sensazione netta di essere fuori posto, o addirittura devi fare dei passi indietro perché la risposta degli altri non è per niente positiva, alla fine che differenza c'è fra la realtà dei fatti e la percezione che ne hai tu mentre li vivi? L'effetto è lo stesso, e nel mio caso era un effetto molto negativo.

Ho cercato talmente tanto di integrarmi che sono arrivata anche a mentire, a cercare di dare un'immagine di me e della mia famiglia diversa dalla realtà, all'unico scopo di omologarmi e sentirmi parte di un tutto.

Sono in classe, e alcuni miei compagni stanno parlando dei loro nonni, che abitano in cascina e hanno le mucche. Cerco di unirmi alla conversazione, ma loro reagiscono guardandomi male.

«E che ne sai, mica hai le mucche tu!»

«Certo che ho le mucche anche io!»

Rispondo senza pensarci. Appena lo dico mi sento molto sciocca, però ormai l'ho fatto, e se confesso che non è vero mi prenderanno tutti in giro anche per questo.

Così, quando la maestra ci chiede di che cosa stiamo parlando, confermo anche a lei di avere queste fantomatiche mucche.

«In Puglia, dalla mia nonna!»

Peccato che la mia nonna non sia affatto una contadina, ma una commerciante come sua madre prima di lei. La mia bisnonna è stata una delle prime donne imprenditrici in Puglia, prima del 1900, e ha iniziato l'attività di famiglia tutta

da sola. Dovrei essere fiera di lei, delle donne intraprendenti che mi hanno preceduta, e invece è solo un ulteriore motivo di differenza con i miei coetanei.
La mia risposta deve sembrare molto strana anche alla maestra, che alla prima occasione ne parla con i miei genitori.
«Perché hai detto una bugia sulla nostra famiglia?» mi domanda mia madre sconvolta. Anche mio padre mi guarda con gli occhi sgranati, nel suo modo serio e un pochino distaccato, che non mi fa mai capire del tutto che cosa stia pensando davvero.
Io non so bene cosa rispondere, non capisco perché siano così stupiti. Dopotutto è stata una bugia innocente, non ho mica detto nulla di male, volevo solo essere come gli altri...

Per me era indispensabile sentirmi parte del contesto dei miei compagni. Mi sentivo molto esclusa, un po' per il mio aspetto fisico che mi caratterizzava come diversa, un po' perché in un paesino così chiuso, in cui la mentalità era molto ristretta, i forestieri non erano visti di buon occhio e ogni deviazione da quella che veniva considerata la normalità delle cose era sempre guardata con sospetto.

Avrei voluto vivere con lo stesso entusiasmo che avvertivo intorno a me, perché vedendo tutte queste situazioni in cui c'erano molti ragazzi che si divertivano, il mio senso di esclusione si faceva ancora più acuto. Ogni volta che ci ripenso, mi dico che è un peccato non aver potuto frequentare il mio paese con la stessa intensità e gioia che vedevo sui volti di molti miei compagni.

Verso la fine dell'estate, all'oratorio venivano organizzate delle piccole "Olimpiadi" locali per i ragazzi. Si trattava di una settimana di gare a cui partecipavano tutte le categorie di giovani, dalle elementari fino alle superiori, competendo in varie discipline sportive: salto in lungo, atletica, giochi… Mi sembrava qualcosa di bellissimo, ed effettivamente era tutto organizzato molto bene, con tanto di fiaccolata d'inizio e festa di chiusura, e lo stretto coinvolgimento di tanti volontari.

Per tutte le elementari non mi è nemmeno venuto in mente di poter competere, e nessuno mi ha spinta a farlo. Anzi, i miei genitori non avevano una grande opinione dell'oratorio del posto, e preferivano che non lo frequentassi, quindi per me è stato inevitabile rimanere ai margini, e avere al massimo un ruolo da spettatrice. Per lungo tempo ho sbirciato di nascosto attraverso le grate della cancellata, senza trovare il coraggio di entrare. Non mi sentivo autorizzata a dire: «Ci sono anch'io». Per tanto tempo non mi sono azzardata a uscire dalla mia zona d'ombra perché mi sentivo inadatta, e temevo di incontrare qualcuno che me lo avrebbe fatto notare. Quando soffri, è più facile restare nel perimetro di ciò che è noto e certo, invece che andare oltre e provare a scoprire l'ignoto. Ma, a volte, la spinta al cambiamento in qualche modo ti raggiunge lo stesso.

Alle medie, quando iniziavo faticosamente a ritagliarmi degli spazi di maggiore libertà, ho trovato il coraggio di iscrivermi a queste gare. Ovviamente io mi vergognavo tantissimo, ma la voglia di essere parte di qualcosa di bello era più forte della vergogna e dell'imbarazzo. Non ho dei ricordi di vittorie meravigliose, già l'idea di partecipare a una competizione mi faceva venire il mal di pancia, quindi non ero al pieno delle mie effettive possibilità agonistiche. E proprio il fatto di non essere stata molto brillante in queste competizioni mi fa sorridere ora, perché poi negli anni ho deciso di frequentare l'ISEF per diventare insegnante di educazione fisica. Sono una contraddizione fatta persona!

In qualche modo però avevo spostato un pochino più in là il confine fra le cose che potevo fare e quelle che mi erano precluse, senza fare nulla di eclatante, ma dicendo semplicemente: «Ci sono anche io, e ho diritto a essere qui come tutti gli altri».

Quando soffri,
è più facile restare
nel perimetro di ciò
che è noto e certo,
invece che andare oltre
e provare a scoprire
l'ignoto.

L'ORIGINE DI OGNI PAURA

«Un giorno la paura bussò alla porta. Il coraggio andò ad aprire e non trovò nessuno.»

MARTIN LUTHER KING

La sveglia ha suonato alle sei, e io la sera prima avevo tanta paura di non riuscire ad alzarmi che sono andata a letto tardissimo. Un famigliare odore di cibo cotto mi accoglie mezza addormentata in cucina, causandomi un'ondata di nausea. La mamma mi ha di nuovo preparato il panino con la fettina di carne. Lo fa tutte le volte che devo andare in gita, per darmi più sostanza. Peccato che a me faccia venire il voltastomaco...

Lottando contro l'agitazione e il mal di pancia, mi preparo per uscire.

Alla fermata del pullman c'è tutta la mia classe al completo, più quelli della quarta B. Le maestre parlano con i genitori, mentre noi prendiamo posto a bordo. In un attimo sono seduta in fondo. Per qualche istante rido e scherzo con i miei compagni, siamo tutti eccitati all'idea di partire per la gita. Ma quando il pullman si mette in moto, ecco che nella mia testa com-

pare di nuovo quell'intrusa che ogni tanto viene a farmi visita: la morte.
Guardo gli altri come a volerli avvisare che un giorno tutto questo non ci sarà più, vorrei dire: «Ma come è possibile che voi siete così allegri, oh, ma lo sapete che alla fine si muore?».
E invece comincio a cantare anch'io: «A Zigo Zago c'era un mago con la faccia blu...».
Eppure quel brivido non mi abbandona.

Io da piccola avevo già molto presente il concetto della morte. Non facevo neanche le elementari, e già vedevo che tutti gli altri bambini giocavano spensierati mentre io mi fermavo ogni tanto a pensarci.

Questo elemento è stato una costante negli anni, e credo avesse origini famigliari.

La cosa che mi inquietava di più, quando d'estate andavamo al Sud dai parenti, erano le storie surreali che ci venivano raccontate, in cui una zia era mancata mangiando un pasticcino, uno zio era morto dopo che la sua casa era andata a fuoco... mi veniva un'angoscia tutte le volte che le sentivo! Erano completamente distanti dal vissuto un po' asettico che sperimentavo al Nord.

Tante paure devono essere arrivate da lì. Sono convinta che noi nasciamo senza paure, ma chi ce le mette addosso? Qualcuno che forse è stato a sua volta condizionato, e ha passato noncurante questo condizionamento?

Perché avrei dovuto avere paura di mangiare un pasticcino? Perché avrei dovuto avere paura di una morte improvvisa, di quelle che "tac!", capita qualcosa di brutto e non ci sei più? E mi sono resa conto che nella mia famiglia c'era una pruderie molto forte legata alla malattia. Come se ci fosse un senso di limite, di vergogna, impossibile da superare. Nominare, descrivere la morte con schiettezza e sincerità era impensabile. Ancora oggi non so mai perché sia mancato realmente un parente, si tende sempre a romanzare, a raccontare storie un po' surreali quasi per giustificare un fatto doloroso. Eppure la morte è una cosa naturale! C'è proprio una sorta di tabù, e io non mi sono mai adattata a questo atteggiamento. Tutto quello che non viene nominato e spiegato si annida negli angoli bui della coscienza, fino a lasciare dei segni profondi e imprevedibili.

La morte era diventata quasi una compagna di viaggio mentale, perché qualsiasi cosa capitasse io tornavo sempre a pensarci. Era come una presa di coscienza: ogni cosa finiva lì. E con gli strumenti di una bambina era una consapevolezza difficile da gestire.

Penso che quella della morte sia stata l'antesignana di tutte le paure, sfociando nell'idea stessa della paura. È come essere su un binario a doppia rotaia, e poi a fianco c'è una terza rotaia, che scorre parallela e tu la tieni sempre un po' nel tuo campo visivo. E ti dici: «Vabbè, ma tanto io sono su questa, non devo andare di là». Però sai che c'è, e di tanto in tanto butti l'occhio.

Ecco, io buttavo l'occhio sempre nei momenti più impensabili, durante le feste e le situazioni più gioiose.

Può essere che questo mio rapporto con il concetto di morte sia legato anche al fatto che mia madre ha vissuto la perdita del suo primo bambino, il fratello maggiore che non ho mai avuto, e che in qualche modo sia stata quella la linfa sotterranea che ha iniziato a scorrere dentro di me alimentandomi, facendomi sentire questa paura che non era mia ma che ho assorbito fin dai primissimi giorni di vita.

Nella nostra epoca è difficile parlare di morte, viviamo in un periodo in cui da un lato viene spettacolarizzata, soprattutto se è violenta o coinvolge particolari morbosi, ma dall'altro viene nascosta, allontanata ed esorcizzata, trattata quasi con imbarazzo quando è un inevitabile passaggio esistenziale. Per questo secondo me è anche molto complicato razionalizzare e superare le paure e i blocchi che la riguardano. In particolare è difficile per i bambini, che spesso sentono di non poterne parlare serenamente, e si ritrovano a doverla comprendere e affrontare solo attraverso il proprio limitato bagaglio di esperienze. Almeno, a me è capitato così.

Nonostante tutte le difficoltà che ho affrontato però, ogni tanto l'universo mi inviava dei segnali. Potevo trovarli intorno a me, bastava saperli individuare.

Emily Dickinson, in particolare, ha avuto un ruolo molto importante, con questa poesia:

«Quando la notte è quasi compiuta
e l'alba cresce così vicina
che possiamo toccare gli spazi,
è tempo di ravviarsi i capelli
e preparare le fossette del riso,
e stupirsi d'aver dato peso
alla vecchia mezzanotte svanita
che c'impaurì solo un'ora.»

La notte per me è sempre stata un momento difficile. Mi si affacciavano alla mente le paure più terribili, e non sapevo come affrontarle.

Se tu hai qualcosa che non ti è chiaro, che non hai metabolizzato, l'incontro con la notte è quello più complicato. È ciò che si avvicina di più al concetto di morte, in cui tu devi lasciarti andare a quello che non sai. È un momento simbolico, di passaggio. Credo capiti a tutti, il buio fa paura perché è lì che ti trovi da solo con i tuoi pensieri, e si affacciano alla mente tutte le situazioni che non hai ancora digerito.

Ho scoperto questa poesia in un periodo in cui faticavo a dormire, e andando al Salone del libro ho visto questa maglietta che riportava il verso:

«E stupirsi d'aver dato peso
alla vecchia mezzanotte svanita
che c'impaurì solo un'ora.»

L'ho comprata d'impulso, sembrava fatta per me. E leggendo per la prima volta la poesia da cui era stato tratto quel verso ho provato la stessa forte sensazione: era come se l'autrice mi scavasse dentro, dialogando con le mie paure più profonde. Lì ho capito che anche nell'ora più buia puoi andare oltre, perché il giorno arriva sempre. Nell'ipotesi dell'avvicendarsi tra il giorno e la notte c'è la promessa di una seconda possibilità.

Scoprire questa poesia è stato un modo per comprendere e accettare che anche se in certi momenti della vita sei assalito dall'angoscia, puoi avere la sicurezza che domani ci sarà una luce in grado di ridarti il coraggio di fare le cose.

È il sole che tutte le volte si affaccia sulla vita e permette di dire: «Oggi è un giorno nuovo».

L'UNITÀ NEGATIVA DI RIFERIMENTO

«Non hai nessuna responsabilità di vivere in base a ciò che le persone pensano essere giusto od opportuno per te. Non hai nessuna responsabilità di essere come gli altri si aspettano che tu sia. È un loro errore, non un tuo fallimento.»

RICHARD P. FEYNMAN

Mi siedo al mio banco, e lui è dietro di me. Spero che oggi sarà diverso, che si sia stancato di tormentarmi. E invece ecco di nuovo la sua voce, alle mie spalle, che mi sussurra cose orribili. Tanto brutte da farmi pensare che sarebbe meglio essere in qualsiasi altro posto al mondo, pur di non stare lì a scuola con lui.
Tanto brutte da farmi credere che sono io a essere orribile e sbagliata.

Nella ricerca dell'amicizia, per me così necessaria, mi sono scontrata in particolare con un ragazzino che avevo come compagno alle elementari, e che poi mi ha seguito fino alle medie. Ne ho già parlato. Lui è stato per me l'unità negativa di riferimento. Forse a casa sentiva i genitori che parlavano male dei meridionali, forse addirittura ce l'avevano in modo diretto con mio padre, e ha deciso che io sarei stata la sua crociata. È diventato il mio bullo d'eccellenza, tutti i giorni c'era l'appuntamento con le sue prese in giro. Non usava mai la parola meridionale, però mi faceva capire che secondo lui ero inferiore. E per farsi forte utilizzava il gruppo, istigando gli altri a dirmi che ero nera, che avevo le occhiaie, che avevo i baffi... moustache. Il fatto che le altre compagne avessero tutte colori molto chiari non ha aiutato, perché io spiccavo proprio: diversa.

Caso vuole che proprio questo ragazzino sia finito nella mia sezione e nella mia classe anche alle medie, proprio una bella fortuna, eh?

Però alla luce del poi, se vogliamo possiamo leggerla come una sorta di manifestazione del karma. Ho letto tempo fa una citazione che mi ha colpita molto, mi pare fosse di Confucio ma non ricordo con precisione, quello che ricordo è un concetto che può essere riassunto pressappoco così:

«Se non capisci perché ti capita qualcosa, è giusto che tu la affronti fino a quando non impari ad andare oltre.»

Questo ragazzino è stato l'incarnazione di tutti i miei problemi, ma mi ricordo anche un episodio strano. Verso la fine della terza media, in un pomeriggio d'estate, ha pensato che fosse del tutto normale invitarmi a uscire con lui l'indomani. Io ero tutta contenta! Aveva mandato un altro compagno di classe a chiedermelo e io ho risposto: «Va bene».

Il giorno dopo però, niente di fatto.

L'amico sfila in bici accanto e mi dice: «Ha cambiato idea, oggi esce con un'altra».

Doppia mazzata!

Però un attimo, perché era successo?

Forse gli piacevo ma non poteva accettarlo, visto quello che sentiva in famiglia? Da lì è nato il suo risentimento? Non credo che lo saprò mai.

Una cosa un po' bizzarra è che casualmente è stata anche la prima persona a cui ho raccontato dell'arrivo delle mestruazioni. Facevamo ripetizioni insieme da un professore di matematica, e quel giorno mentre ci esercitavamo sulle espressioni lui mi ha chiesto a bruciapelo se le avessi già. Io ho risposto di sì senza esitazione, dandogli un'ulteriore possibilità di rapportarsi a me in modo pacifico, ma ovviamente poi mi ha preso in giro anche per questo... Era come se non riuscisse a coesistere serenamente con me, nemmeno per un istante, senza sentire il bisogno di attaccare e distruggere ogni forma di vicinanza e apertura.

Se fossi stata capace di reagire in un certo modo, tutto questo forse non sarebbe accaduto.

Nel mio caso, se avessi avuto maggior amore verso me stessa, un maggiore rispetto... Tu dirai: «Ma a quell'età lì come fai?», eppure ci sono bambini che anche inconsapevolmente hanno un maggiore equilibrio, riescono o a reagire meglio o a non caricarsi di questa negatività.

Però è anche vero che la forza d'animo e l'amore per noi stessi nascono dall'accettazione di sé, e l'accettazione è un riflesso di tutto quello che ci capita. Quello che ho fatto per difendermi era il massimo che

Ho capito che quando una persona si incattivisce, alla base della sua rabbia c'è una profonda sofferenza.

potessi, la massima risposta che potessi dare in quel momento. Dopo tanto tempo ho capito che se io stavo male, nemmeno lui doveva stare tanto bene con se stesso. Ogni volta che tu ti accanisci contro qualcuno, questo sentire e questa energia negativa ti rimangono addosso. Non riesco a ricordarmelo sorridente, o in un momento di gioia e serenità. Se ripenso a quella sua strana richiesta di uscire insieme, arrivata dopo anni di vessazioni, mi chiedo se in qualche modo fosse attratto da me, ma sentisse il bisogno di reprimere quelle sensazioni, e di distruggermi ai suoi stessi occhi, per aderire a un sistema mentale di preconcetti e divisioni razziste dal quale non pensava di poter sfuggire. In un certo senso, abbiamo perso qualcosa tutti e due, in quegli anni. Ora ho capito che quando una persona si incattivisce, alla base della sua rabbia c'è una profonda sofferenza. Avevamo entrambi bisogno d'aiuto, ma allora perché nessuno ha provato a tenderci una mano?

Penso che il mondo degli adulti avrebbe dovuto arginarci. Sarebbe dovuto intervenire un arbitro neutro, intelligente e lungimirante, per fermare questa situazione, che era sotto gli occhi di tutti, a scuola. In una situazione così mi sento di puntare un po' il dito contro gli adulti. Hanno un ruolo importante nei problemi di relazione dei ragazzi, non possono far finta di non vedere o pensare: «Non sono problemi miei». Non si sa mai da dove arrivi la scintilla che porta al cambiamento: magari in uno specifico momento, se hai il coraggio di non voltarti dall'altra parte, riesci a trovare la parola giusta che migliora la vita delle persone.

Al mio fianco non ho avuto nessun adulto, ma nemmeno la complicità dei miei coetanei, quindi ero completamente abbandonata a me stessa. Ogni tanto mi chiedo anche perché nessuno dei nostri compagni abbia detto niente. A volte basta la vicinanza con un amico, uno solo, e le cose diventano più semplici... Ma quando vedi situazioni del genere è facile girare la testa dall'altra parte, o pensare che non sia in tuo potere fare qualcosa.

Ed è tanto facile anche appiccicare delle etichette. Bullo. Vittima. Facce di una stessa medaglia immutabile. O almeno così sembra andare il mondo. E se ti dicessi che quando cerchi di comprendere le persone, capisci che ognuno porta dentro di sé la possibilità di cambiare, di realizzare il proprio vero potenziale? Nessuno nasce per aderire a un ruolo, ed è importante sapere cogliere i segnali della sofferenza per affrontarla insieme.

I MIEI MODELLI
OLTRE GLI STEREOTIPI

«Ogni volta che impariamo qualcosa di nuovo,
noi stessi diventiamo qualcosa di nuovo.»

LEO BUSCAGLIA

Fuori c'è il sole, ma la penombra del grande scalone inghiotte tutto.
Sono all'interno del castello, la porta in cima ai gradini mi sta chiamando. È da qualche tempo che provo a raggiungerla, ma c'è sempre un imprevisto. I miei fratelli che mi cercano, i compiti da finire... Un paio di giorni fa mi ero decisa, stavo per farcela, e invece poi è arrivata la signora del distributore di benzina, quello dall'altra parte della strada. Mi ha guardato strano come a dirmi: «Che ci fai qui?». Ho farfugliato qualcosa e sono scappata a casa senza voltarmi indietro.
Eppure so che posso stare qui, e posso anche aprire la porta in cima alle scale, se mi va. Ma allora perché sento questa stretta allo stomaco?
Faccio l'ultimo gradino, prendo un respiro e metto i piedi sul tappetino consumato. La mia pancia si torce ancora un po' di più.
«Ci torno domani...» penso, e invece il freddo

della maniglia sotto la mia mano mi dice che sto entrando.
Il legno dei pavimenti profuma di miele. La luce del sole accarezza tutto, e subito sento di volere una casa così, da grande. Ma quella non è una casa, è una biblioteca.
«Ciao, è la prima volta che vieni qui. Io sono la bibliotecaria.»
Sussulto, girandomi di scatto. Chissà da quanto tempo era lì, magari mi osservava da un po'. Davanti a me tutto il miele e la luce sembrano appoggiarsi sulla lunga treccia bionda che non riesco a smettere di fissare. Due occhi, azzurri come il mare di Gallipoli dove il mio papà mi ha insegnato a nuotare, si sono appena tuffati nei miei.
Davanti a questa signorina con gonna e maglioncino morbido mi si scioglie la lingua, ed è strano perché la mia è sempre attorcigliata su se stessa. Le racconto tutto: che la mia vicina di casa viene sempre qui, che mi piace disegnare le principesse con i vestiti gialli, che non ho detto alla mia mamma dove andavo, che mi chiamo Lucia Gravante e abito sopra alla banca davanti al castello.
La bibliotecaria mi prende per mano, e mi sembra di entrare in un mondo magico, dove nulla di brutto può accadere. Mi è persino passato il mal di pancia.

Da bambina mi sentivo inadeguata, e non riuscivo a rapportarmi agli altri. Nei miei lunghi pomeriggi solitari, ho scoperto la biblioteca.

Era all'interno di un castello, e già questo la rendeva magica. Sono arrivata lì per pura curiosità, e ho trovato un ambiente magnifico con il profumo di legno del parquet, la luce che entrava dalle grandi finestre, i soffitti tutti affrescati.

Così mi sono avvicinata al mondo dei libri.

Ne avevo sempre visti in casa, perché mio padre leggeva molto, ma lì erano tantissimi e meravigliosi. Ho iniziato ad andarci spesso, e man mano mi rendevo conto che quella era un po' la mia zona neutra. Finalmente avevo un luogo in cui nessuno mi prendeva in giro, nessuno mi insultava, nessuno mi diceva che ero brutta e nera.

La bibliotecaria era il mio idolo. Bionda, esile ed elegante, si muoveva tra quegli scaffali come un'apparizione d'altri tempi. Mi dicevo: «Pensa come sarebbe bello essere così...». E lei aveva colto qualche indizio delle mie difficoltà, perché ero sempre lì da sola, tutti i pomeriggi. Mi lasciava leggere di tutto, persino libri un po' difficili per la mia età. Anche quelli mi sono serviti perché, anche se non li capivo del tutto, man mano che andavo avanti mi dicevo con stupore e meraviglia: «Ma qui c'è così tanto, vuoi vedere che c'è altro oltre a ciò che conosco?».

Perché quando tu vivi un po' bloccata da questi meccanismi di esclusione, alla fine pensi che quella sia l'unica strada possibile e non ci sia via d'uscita. I libri possono portarti a vedere ciò che non conosci, a immaginare altre vite possibili.

Il primo libro che mi ricordo di aver letto in biblioteca è stato *Petzi*. Faceva parte di una collana organizzata per volumi tutti colorati in modo diverso, e già questo colpiva la mia attenzione. Il protagonista era un orsacchiotto con una combriccola di amici, che si muoveva per il mondo su una chiatta per poi tornare ogni volta da questa mamma amorevole e dolcissima che gli faceva trovare le frittelle. Leggendo questi libri, ho iniziato a rapportarmi con l'esplorazione e il viaggio, anche interiore.

Man mano che leggevo e rileggevo le avventure di Petzi, ne studiavo le dinamiche. Mi dicevo: «Se quando io vado in piazza c'è quella bambina che mi prende in giro, posso fare come Petzi in questo libro». Mi seminavo dentro delle piccole certezze nuove. E man mano da Petzi siamo arrivati ad altri libri. Intanto, avevo imparato il concetto di indipendenza. Attraverso quei racconti ho scoperto che si poteva essere autonomi, lasciare la propria famiglia, per poi poterci tornare cresciuti e migliori.

Questo è il tipo di indipendenza che ho cercato di passare ai miei figli: indipendenza non vuol dire allontanamento, ma amore. Ti permetto di capire che tu puoi fare le cose, ma nello stesso tempo puoi tornare arricchito e comunicare queste cose a chi ti ha aspettato, in modo che ci sia un circolo virtuoso. Io l'ho imparato in una biblioteca dai grandi soffitti affrescati e il profumo rassicurante del legno antico.

Oltre ai libri, anche il cinema ha contribuito ad allargare i miei orizzonti. Quando ho visto *La rosa tatuata*, un film con la strepitosa Anna Magnani, mi si è mostrata per la prima volta una bellezza che andava oltre lo stereotipo al quale ero abituata. Lei era una donna dalla carnagione scura, con i capelli neri e persino le occhiaie. Era come me!

«Ma come fa a essere un'attrice? Non la prendono in giro?» mi sono chiesta, con grande stupore.

Ero convinta che chiunque mi somigliasse dovesse per forza subire i miei stessi tormenti. E invece lei faceva i film, era una grande attrice ammirata da tutti. Allora lì ho iniziato ad avere un dubbio: ma vuoi vedere che non è vero che sono così brutta, e che anche io posso avere il mio spicchio di femminilità nel mondo?

Per me la Magnani è stata un mattone di crescita interiore. Lei, e poi successivamente anche Frida Kahlo, ben prima della recente riscoperta internazionale di questa artista e donna eccezionale. Perché Frida Kahlo aveva i baffi e le sopracciglia cespugliose, quando l'ho vista ho pensato: «Ma non è possibile, qualcuno glieli ha fatti per sbaglio o per scherzo! Chissà quanto l'hanno presa di mira in vita sua!». E invece non solo era una grande pittrice, ma aveva lavorato proprio sulle sue particolarità estetiche facendole diventare uno dei motivi ricorrenti della sua arte. Per me era inconcepibile. Eppure era esistita davvero, ed era un'icona di femminilità. Un altro stereotipo si rompeva e mi diceva che c'era la possibilità di qualcos'altro.

Ma i modelli che mi hanno aperto gli occhi su un altro modo di vedere la bellezza, la mia bellezza, non sono stati solo personaggi famosi. Ho avuto la fortuna di trovare di quando in quando degli adulti a cui è bastato dire due parole, anche un po' di sfuggita, permettendomi di capire che c'era di più oltre a quello che riuscivo a vedere per colpa dei condizionamenti sociali.

Una in particolare, me la ricordo bene.

> C'è una vicina d'ombrellone nell'estate dei miei sedici anni. Quando è arrivata il primo giorno ho visto subito che zoppicava. Deve avere lottato anche lei contro certi meccanismi, che rivede in me. Ha fatto amicizia con i miei genitori, e non perde occasione per fare due chiacchiere con loro. Ma un giorno in cui sono entrambi in acqua a fare il bagno, lei svelta prende la sua sedia, si avvicina e mi guarda con il sorriso più sereno e accogliente che ci sia.
> E poi, come se fosse una cosa da nulla, butta lì questa frase: «Sai, è vero, tu adesso ti vedi come un brutto anatroccolo, ma ti prometto che un giorno sarai un cigno magnifico».

Quando tu vivi un po' bloccata da questi meccanismi di esclusione, alla fine pensi che quella sia l'unica strada possibile e non ci sia via d'uscita. I libri possono portarti a vedere ciò che non conosci, a immaginare altre vite possibili.

Non l'ho più vista, ma quello che mi ha detto mi ha cambiato l'estate, e forse anche un po' la vita.

Un altro esempio incredibile, che ho sott'occhio tutti i giorni, non mi è arrivato da una persona, o da un'opera nata dalla mente di un artista. È nella storia di Luna, una dei miei due cani.

Luna era la cagnolina di un paziente di mio marito, una persona difficile, con problemi psichiatrici. Quest'uomo viveva in una cascina e aveva le idee di un contadino ancora antico, tant'è vero che Luna non era stata vaccinata o sterilizzata, non aveva mai vissuto in casa o fatto tutte le cose che un cane dovrebbe poter fare. Il suo padrone le dava pane e acqua, e la teneva legata con una catena sotto a un vecchio rimorchio da trattore. In estate e in inverno, con la pioggia o con la grandine, lei stava lì.

E mio marito mi raccontava spesso di questo cane, che quando lui andava a visitare il suo padrone usciva da sotto quel rimorchio e lo guardava come per dire: «Se vuoi farmi una carezza io sono disponibile».

Come se non bastasse tutto questo a farci desiderare di salvarla, abbiamo presto scoperto che il proprietario aveva l'abitudine di sopprimere i cani dopo un po' che stavano da lui, perché gliene arrivavano talmente tanti, come spesso succede ancora oggi in campagna, da permettergli di cambiare quelli vecchi e malmessi con degli altri più giovani e in forze. Luna non era vecchia, ma era già tutta rattrappita e faticava a camminare per il troppo tempo passato attaccata alla catena, e così il suo momento sembrava vicino.

Allora mio marito ha cominciato a dirmi: «Senti, io adesso questo cane me lo voglio portare via».

Non potevo essere più d'accordo di così.

Con attenzione e cautela ha convinto il padrone a lasciarla a noi invece che ucciderla, e finalmente è arrivato il giorno in cui mi ha detto: «Ho chiesto di poterla portare via oggi, e lui mi ha detto di sì».

Non c'era un attimo da perdere, per cui... gambe in spalla, pronti, via!

Sai quando hai l'imprinting, come nella saga di *Twilight*? Mi è successo così con Luna.

Ogni volta che la guardo mi ricorda una cosa fondamentale: hai sempre la scelta di non incattivirti, nonostante tutto. Perché è una scelta che ti può capitare in qualsiasi momento, e perché a questo cane è capitato di tutto: un altro sarebbe diventato tremendo ma invece lei ha scelto di non farlo.

Vuol dire che abbiamo la possibilità di scegliere di essere in un certo modo se troviamo il coraggio di farlo.

E se lo fa un cane, perché non può farlo un essere umano?

ALLA RICERCA DELL'AMICIZIA

> «Se c'è qualcosa che eleva l'anima, è avere un amico. Se c'è qualcosa che la eleva ancora di più, è essere un amico.»
>
> RICHARD WAGNER

Ci sono due bambine, nel mio cortile, nascoste dietro alla portafinestra della casa di una di loro. Ogni tanto tirano la tenda e mi guardano. Io spero che mi dicano di entrare, vorrei tanto giocare con loro. Ma il loro sguardo non promette niente di buono.
«Gnegnegne… tu stai fuori!»
Siamo alle solite, perché si divertono tutti a prendermi in giro e a trattarmi male?
«Dai, fatemi entrare…» protesto io, e due lacrime rotolano giù dalle mie guance.

Da piccola avevo un bisogno di amicizia pazzesco, quasi come fosse ossigeno, eppure più cercavo di avvicinarmi agli altri e più mi accorgevo che questa cosa mi era preclusa. Mi sentivo sempre sola e finivo per stare sempre sola.

Stando a sentire mia madre era colpa mia, con la premessa che tanto le amiche non esistono. «Mai fidarsi delle amiche!», e se lo dice la tua mamma…

Ma più lei diceva così, più io sentivo la necessità di

smentirla. Solo che non riuscivo a integrarmi, tutte le volte che provavo incontravo il rifiuto. E questo problema è andato avanti a lungo, anche quando pensavo di averlo superato.

C'erano due ragazze con me a scuola, anche loro di origini meridionali, con le quali mi sembrava di avere legato in modo particolare. In realtà ora che ci penso ero sempre io ad andare da loro, e loro non venivano mai a trovare me, ma al momento non ci facevo caso, mi bastava sentirmi parte di un gruppo a costo di inseguirle costantemente. Nonostante fossero soggette agli stessi pregiudizi ai quali ero soggetta io, avevano forse qualche strumento in più per reagire. Erano più spigliate, di certo non avevano i miei problemi. Ne avevano altri, probabilmente, ma erano riuscite a trovare una sorta di precario equilibrio con il mondo esterno.

Una delle due in particolare è stata importante per me, nel bene e nel male, anche perché siamo state nella stessa scuola anche alle magistrali, quindi siamo praticamente cresciute insieme. Mi sembrava che la gente non si accorgesse delle cose meravigliose che riusciva a dire, mi sembrava più saggia e più preparata di tutti gli altri. Era un po'... non dico il faro a cui tendevo, però mi sentivo in comunione con lei. A ripensarci ora, non credo che questo sentimento fosse reciproco.

Forse mia madre l'aveva capito. Però il problema è che mia madre era sempre troppo preoccupata che io venissi tradita dalle amicizie, da rovinare sempre tutto a priori, e così non l'ho mai davvero ascoltata. Da un certo punto di vista ora la capisco, non è che mi siano sempre piaciuti tutti gli amici dei miei figli, ma come madre io penso di non poterli obbligare a scegliere le amicizie in base alle mie indicazioni. Posso dire: «Guarda, a me sembra che questa persona non si stia comportando bene, ma sei tu che ti devi rapportare con lei, la scelta è tua e non ti giudicherò».

Mia madre invece non cercava di ragionare con me in questo modo, mi dava dei divieti, e più lei vietava più io mi allungavo in quella direzione. Tornando a questa ragazza, una cosa che mi ha fatto stare malissimo è stato pensare che mia madre avesse ragione.

Salgo sul pullman per andare a scuola, e la vedo seduta da sola, invece che con un'altra ragazza con la quale da un po' di tempo è inseparabile. L'altra è seduta nel posto alle sue spalle. Entrambe hanno una faccia seccata.
«Che succede?» le chiedo mettendomi nel posto vuoto accanto a lei.
«Io con quella non ci parlo più, abbiamo litigato!»
Devo avere sorriso, mi è sfuggito un piccolo cenno di contentezza perché ho di nuovo la possibilità di avere un'amica, di non essere esclusa come sta succedendo da un po' di tempo. Magari possiamo tornare a parlare come prima...

Loro se ne accorgono, non aspettavano altro. Saltano in piedi, si abbracciano ed esclamano: «Ti abbiamo fregato! Ti abbiamo fregato! Noi ci vogliamo bene. Saremo amiche per sempre». Hanno messo in piedi tutto quel teatrino solo per sbattermi in faccia il loro rifiuto. Solo per ricordarmi che ero ancora sola.

Perché ci sono rimasta così male? Ma soprattutto che cosa avevo mostrato di me stessa, per dare loro la sicurezza di potermi ferire proprio in quel modo? Forse si percepiva chiaramente che avrei voluto essere parte anche io di questa amicizia così esclusiva, ma mi era di nuovo negato, e quindi in qualche modo apparivo invidiosa. Me lo ricordo come un momento molto triste, non era mia intenzione separarle, avrei solo voluto sentirmi parte di qualcosa di bello.

Molti anni dopo ho incontrato un libro, *Puoi guarire la tua vita* di Louise L. Hay, in cui ho letto che i rapporti che abbiamo con gli altri riflettono la relazione che abbiamo con noi stessi. Il modo in cui i nostri adulti di riferimento hanno reagito con noi è spesso lo stesso modo in cui noi reagiamo nei nostri confronti e in quelli degli altri. Le relazioni sono specchi di noi stessi. Ciò che attraiamo riflette le qualità che possediamo e le nostre convinzioni.

Per anni non ho più visto quelle ragazze. Mi sono allontanata da qualcosa che non funzionava a costo di rimanere da sola, cercando qualcosa di più vicino

***I rapporti che abbiamo
con gli altri riflettono
la relazione che abbiamo
con noi stessi.***

al mio modo di sentire. Ho provato a comprendere i miei errori. Napoleone diceva:

> «Non è bravo chi non commette errori, ma chi ne fa di meno ed è capace di imparare dai suoi sbagli.»

Se riesci a vedere i tuoi errori come esperienze diverse e non come tue incapacità, puoi riuscire a cogliere in esse la possibilità di crescita che ti offrono.

Intorno ai quarant'anni ho sentito il bisogno di riaprire il capitolo di quell'amicizia, per lasciare indietro il passato e vedere la vita in modo nuovo. Mi sono detta: «Se non lo fai adesso, quando?». Così ho rintracciato le ragazze di allora. Ci siamo viste più volte, con la voglia di ricominciare andando oltre i vecchi schemi.

Da bambina e poi da adolescente ho sempre rincorso gli altri per il bisogno di sentirmi accettata, oggi invece mi accompagna la voglia di scoprire negli occhi delle altre persone una nuova me stessa.

CHE COS'È L'AMORE

«Non sono quello che mi è successo, sono quello che ho scelto di essere.»

CARL GUSTAV JUNG

Finché non riesci ad amare te stesso, non riuscirai ad aprirti agli altri.

È una presa di coscienza del bene che abbiamo necessità di dare a noi stessi. E non è un caso che le persone che ricevono poco amore siano quelle che hanno più problemi nella vita. Noi siamo sempre pronti a cercare quello che ci manca, piuttosto che accettare quello che abbiamo per valorizzarlo.

Questo è stato il mio più grosso stacco, la più grande rivelazione che mi si sia presentata nella vita. Ed è incredibile come spesso le persone oggi sottolineino, nei commenti al mio aspetto fisico, qualcosa di gradevole e accogliente che in passato non veniva fuori e che invece lasciava il posto a definizioni molto secche. La bruttezza era una mia caratteristica, me lo dicevano proprio in faccia.

Io mi sono sempre sentita molto in difetto, mi sentivo brutta e credevo di non poter piacere a nessuno. Ho sempre avuto molte difficoltà anche solo a parlare con i ragazzi. Con le ragazze ero fortemente gregaria, sempre nel ruolo del fanalino di coda. I miei coetanei sembravano avere sempre la battuta pronta, io invece non sapevo mai cosa rispondere e stavo ai margini.

In quegli anni ho idealizzato molto l'amore, credo di essere stata una bambina romantica. Mi ricordo che ai tempi non c'erano tanti canali televisivi, ma dove abitavamo si riceveva anche quello della Svizzera italiana, sul quale al sabato sera andavano in onda dei film rosa con principi e principesse come protagonisti. Non me ne perdevo uno, e poi sognavo il principe che mi baciava, che mi portava a fare le passeggiate...

Ma si trattava di fantasticherie infantili, e dentro di me ero convinta che non le avrei mai concretizzate nella realtà.

A quattordici anni è arrivata l'epoca del motorino, ce l'avevano tutti tranne me. I miei genitori avevano un po' paura di lasciarmelo usare, e poi in casa nostra lavorava solo mio padre e non eravamo molto facoltosi. La domenica pomeriggio ci si trovava tra ragazzini davanti a un bar, e quando tutti partivano per fare i loro giri io restavo lì da sola, nessuno mi voleva portare con sé dietro al suo motorino come accadeva invece per esempio alle ragazze con il fidanzato.

Ricordo un sacco di domeniche assolate, in cui mi illudevo fino all'ultimo che fosse la volta buona, e invece rimanevo lì nella piazzetta mentre tutti andavano via anche a coppie. E allora tornavo a casa delusa e amareggiata, aspettando quell'occasione che prima o poi chissà se sarebbe arrivata.

Quasi tutte le altre avevano il fidanzato, e quindi

Finché non riesci ad amare te stesso, non riuscirai ad aprirti agli altri.

oltre a rimanere sempre da sola venivo pure presa in giro per questo. Ero l'unica che non aveva nessuno con cui uscire, con cui festeggiare San Valentino... Anche in questo caso ho cercato una forma di normalità rifugiandomi nei libri, che come sempre mi davano la possibilità di immaginare un'altra vita, anche se non la potevo vivere in quel momento. Adesso ringrazio di avere avuto questa valvola di sfogo e di apprendimento, che mi ha permesso di immaginare una felicità che al momento mi veniva negata, ma della quale potevo iniziare a definire i contorni.

Il grande cambiamento è arrivato a sedici anni, per questo sarò per sempre grata alla vicina d'ombrellone a Gallipoli che mi ha detto: «Ti prometto che un giorno sarai un cigno magnifico». Un quarto d'ora dopo ci è passata davanti una comitiva di ragazzi che io avevo adocchiato senza trovare il coraggio di provare ad avvicinarmi. Non so cosa sia scattato dentro di me in quel momento, mi sono alzata, ho fatto finta di andare in cabina, loro erano appoggiati lì, qualcuno ha fatto una battuta simpatica... Insomma, abbiamo fatto amicizia, e ho passato tutta l'estate con loro. Mi sono persino fidanzata con uno di loro.

E da lì sono tornata al Nord con una consapevolezza diversa. Ho cominciato a riproporre al Nord quello che avevo imparato al Sud. Con una certa mitezza, ma ogni tanto buttavo lì una battuta. Finalmente stavo imparando a relazionarmi agli altri con più sicurezza.

Poi è arrivata una comitiva da fuori paese, formata

Se nella vita non riesci
ad andare oltre, forse
ci vuole uno stacco
col passato. Se stacchi,
ti rigeneri.
Se riesci a mettere
in atto questo
meccanismo,
cambia tutto.

da ragazzi che non erano a conoscenza della vita che avevo passato, ed è stato come avere la possibilità di ripartire da zero. Ho conosciuto un ragazzo con cui mi sono fidanzata ufficialmente, e siccome era più grande di me e aveva la macchina, la mia vita sociale è cambiata. Da lì, potenza totale! Ho cominciato a staccarmi dal vecchio gruppetto, e ho iniziato a farmi degli amici in altri gruppi. Mi sentivo libera, ero diventata simpaticissima!

Se nella vita non riesci ad andare oltre, forse ci vuole uno stacco col passato. Se stacchi, ti rigeneri. Ora che ci sono i social è un po' un disastro perché tutti tracciano la tua vita costantemente. Ma se tu riesci a mettere in atto questo meccanismo, cambia tutto. La frequentazione di persone diverse, che non mi giudicavano più per il loro strano concetto di brutto o bello, ha cambiato il mio modo di vedere me stessa e l'amicizia, e mi ha dato davvero la possibilità di una ripartenza, di buttarmi alle spalle molta negatività per abbracciare la possibilità di stringere rapporti nuovi e differenti.

LA GIUSTA DISTANZA

«Nessuno può farti sentire inferiore senza il tuo consenso.»

ELEANOR ROOSEVELT

Fra quattro giorni mi sposo, sono in un negozio e sto scegliendo delle pentole. Si avvicina una donna, è un'amica di mia madre. Lentamente, si piega verso di me e mi sussurra qualcosa all'orecchio.
«Come hai fatto, tu, ad arrivare a sposarti un medico?»
Balbetto una risposta, mi sento in dovere di giustificare questo che viene visto come un ingiustificato avanzamento sociale. La verità è che stiamo bene insieme, indipendentemente da tutto il resto.

A quei tempi davo per scontato che l'amica di mia madre avesse ragione, che una come me quasi non potesse permettersi un "buon partito". Con la mentalità di allora, una frase del genere era per me giustificabile. Ed era giustificabile il fatto che qualcuno volesse farmi notare una presunta inadeguatezza. A volte l'ambiente intorno a noi si coalizza su alcuni livelli di comprensione che magari non ci riguardano direttamente, ma sono fatti di convenzioni, abitudini, strati di amarezza e maldicenze condivise.

Col tempo ho capito a fondo cosa intendeva Eleanor Roosevelt quando diceva che «nessuno può farti sentire inferiore senza il tuo consenso». Chiunque può dirmi quello che vuole sulla mia vita, sta a me dargli il giusto peso e tenere la giusta distanza. Credo talmente tanto nell'equilibrio del mondo che a differenza di certi moralisti, per cui le cose cattive vanno bandite a prescindere, io penso che stia a me decidere quanto queste cose cattive possono incidere sulla mia vita.

Mentre prima i giudizi degli altri mi colpivano, adesso mi dico: «È un suo problema, non mio».

Vedi che lentamente le mie ali si dispiegano? Vedi che riesco a raccontarlo tranquillamente?

Se una persona come me, che sicuramente aveva delle risorse dentro di sé ma non le vedeva, è riuscita ad andare oltre, è veramente possibile per tutti. Soprattutto per i ragazzi di oggi, che hanno più strumenti, possibilità, capacità... se vuoi anche intelligenza, perché sono sicuramente più svegli e più reattivi.

NON BASTANO GLI ANNI A RENDERCI ADULTI

«Viviamo in modo che il bambino che siamo stati sia fiero dell'adulto che siamo diventati.»

Antonio Curnetta

Diventare adulti non dipende dal fatto che tu raggiunga una certa età o vada ad abitare da solo. Dipende da un chiarimento interiore sul tuo ruolo, sulle tue possibilità, su chi sei come individuo e verso cosa sei proiettato. C'è chi non lo fa per tutta la vita, gettando un'ombra su tutte le sue relazioni umane. Ma è una forma di responsabilità psicologica che tutti dobbiamo prendere prima o poi, e se ci riusciamo sappiamo andare oltre, facendoci carico della vita. È saper affrontare la vita e la morte, e tutto ciò che c'è in mezzo.

Bisogna avere il coraggio di dire: oggi sono io e posso affrontare l'idea della mia nascita, della mia morte, l'idea della vita stessa in relazione a me principalmente, senza appoggiarmi sempre ai miei genitori.

E forse il compito dei genitori è fare un passo indietro, a costo di brillare meno, per permettere a figli che magari non hanno ancora trovato davvero se stessi di poter andare oltre.

Io credo di essere diventata adulta davvero nel momento in cui mio padre si è ammalato.

È avvenuto dopo il mio matrimonio. Io avevo già

una mia casa, un lavoro, dei figli... ma non ero ancora passata davvero dall'idea di essere figlia all'idea di essere adulta. E questa cosa avviene quando sei partecipe del flusso della vita e accetti quello che succede.

Dopo aver vissuto quasi tutta la vita al Nord, sperando sempre di tornare a casa, chissà come mai mio padre non ha pensato di trasferirsi al Sud quando è andato in pensione. Ci tornava solo per le vacanze, e proprio durante uno di questi viaggi ha avuto un ictus.

Non è più stato lo stesso, l'ictus gli ha paralizzato tutta la parte destra del corpo, era incapace di intendere e volere, gli era cambiato il carattere. Un uomo volitivo e severo come lui, asciutto direi, aveva improvvisamente perso questo lato più duro della sua personalità, e si era quasi addolcito, abbandonandosi alle nostre cure.

La nostra era una famiglia solitaria in fin dei conti, una piccola isola, e quando questa piccola isola è stata abbattuta da uno tsunami, gli equilibri precari che avevamo sono stati completamente scombussolati. A partire da mia madre, che si era sempre nascosta dietro un'immagine di perfezione e controllo, ma che si è invece trovata a dovere ammettere di non farcela a gestire la situazione da sola.

Negli anni seguenti per me è stato come se mio papà mi avesse regalato un'opportunità di crescita che mi ha permesso sia di legittimarmi come sorella maggiore, che come figlia e come individuo adulto. Da una cosa terribile è nata la possibilità di proiettarmi oltre le mie paure e le mie insicurezze. Proprio io che non avevo mai nemmeno avuto una crisi adolescenziale, che ero sempre vissuta un po' all'ombra dei miei genitori e sotto la loro protezione, mi sono sentita investita di una responsabilità che prima non credevo di essere in grado di assumermi. Sono stati dodici anni di malattia in cui, affiancata dai miei fratelli, ho gestito tutto, dal rapporto con le badanti al trasloco, facendo venire ad abitare lui e mia madre vicino a me.

Finché non è stato più possibile rimandare il suo ricovero.

È Capodanno, il mondo sta festeggiando l'arrivo del 2015. Io invece sono seduta su una poltroncina di plastica del pronto soccorso semivuoto, e aspetto che i dottori mi dicano qualcosa. Papà ha avuto una crisi bruttissima, e mentre lui viene visitato io sento i fuochi d'artificio che esplodono là fuori. E mi dico che forse è tutto normale, siamo noi a dare importanza a certi momenti, quando invece i cambiamenti veri arrivano all'improvviso, senza essere attesi o annunciati.

Qualche mese dopo mio padre è in una casa di cura. Quel giorno io sono a Milano e sto parlando con il direttore artistico di uno studio di registrazione per il quale ho appena registrato una pubblicità.

«Se potessi scegliere» dico «sceglierei la morte del mio papà, perché vedere una persona che sta a letto immobile per così tanto tempo ha davvero poco di umano.»
Sulla strada del ritorno decido di fermarmi alla casa di cura, anche se non era previsto, e appena arrivo scopro che mio papà ha la febbre molto alta. Dentro di me sento che è arrivato il momento, chiamo mio marito perché avvisi mia madre e i miei fratelli, e mentre aspetto che si organizzino resto da sola con mio padre. Il suo respiro è sempre più affannoso. Siamo avvolti dalla penombra, in questo luogo del nulla in cui la gente aspetta, preparandosi giorno dopo giorno all'inevitabile. Cerco di distrarmi dalla sofferenza del mio papà guardando la tv mentre sono al suo fianco, cercando un contatto mentale con il mondo di fuori, quello che non si trova al cospetto della fine.
Poi finalmente arriva mia sorella, ora siamo in due al suo fianco, e averla con me mi fa sentire più forte.
Quasi non mi accorgo quando entrano le signore delle pulizie. Ci chiedono la gentilezza di uscire per un istante, e si chiudono la porta alle spalle. È questione di attimi, la porta si spalanca di nuovo.
«Dovete entrare subito!»
Mia sorella si blocca, il panico negli occhi. Le

metto una mano sulla spalla, e mi sento stranamente calma e sicura di me.
«Stai tranquilla, vedrai che non se n'è ancora andato.»
Lui è immobile, sul letto, e io per un attimo vacillo di nuovo. Vuoi vedere che... E se invece...
Le mie mani si muovono più svelte dei miei dubbi, gli sfioro il viso e lui prende un grande respiro. Come prima di tuffarsi. E infatti un attimo dopo viene inghiottito dalla corrente di questo grande mistero che è la morte.

In quel momento ho capito una cosa importantissima: in realtà la malattia di mio padre è stata un dono. È come se lui avesse indietreggiato e avesse detto: «Ti spingo avanti perché capisco che sei pronta per essere guida e punto di riferimento, così come deve essere». Tante persone quando parlano della malattia dei genitori ne vedono sempre la pesantezza, e le capisco, ma se riesci a vederla come passaggio di testimone, vai oltre la possibilità di incattivirti o di sentirti privato della possibilità di fare tante cose.

Spesso penso a tutto quello che mio padre ha fatto per me, fino al suo ultimo respiro. L'ho portato nella tomba di famiglia perché mi piangeva il cuore seppellirlo in Piemonte, anche se questa cosa mi avrebbe costretta a non potere andare a trovarlo quasi mai. Non potevo farlo restare in "terra straniera". E quindi per ringraziarlo ho deciso di accompagnarlo in quel cimitero lontano, con il profumo dei fiori e del mare. Anche se io non ho mai la possibilità di andare a trovarlo mi fa piacere saperlo là, è come se fosse finalmente tornato a casa.

A volte mi viene il dubbio che attraverso la sua malattia, il suo affidarsi a me e lasciarsi guidare sia stato un atto d'amore. Forse il compito dei genitori, che non deve per forza passare attraverso la morte, è proprio il farsi da parte per dare ai figli la possibilità di andare oltre.

USCIRE DAGLI SCHEMI

«Non c'è cosa che non venga resa più semplice attraverso la costanza, la familiarità e l'allenamento. Grazie all'allenamento possiamo cambiare, trasformare noi stessi.»

Dalai Lama

Quando lentamente cominci ad assestarti e a capire cosa vuoi fare nella tua vita, se sei in grado di metterti in ascolto di rimando ti arrivano degli appigli.

Quando mi sono iscritta all'ISEF ho capito che con l'impegno fisico potevo superare molti ostacoli, prendendo consapevolezza della mia fisicità e capendo quanto fosse legata all'interiorità.

Ho fatto l'ISEF non tanto perché fosse il mio sogno, ma perché qualcuno aveva dubitato che potessi farlo. Per prima la mia insegnante di educazione fisica che mi lasciava sempre seduta in un angolo: spaventata dalla mia magrezza, temeva forse che svenissi. Non so che studi avesse fatto, un elemento fondante dell'ISEF è proprio il fatto che tutti possano avere la possibilità di fare attività motoria... e invece lei non mi faceva nemmeno partecipare ai saggi di fine anno! Tutte le altre si scatenavano in palestra, mentre io stavo lì seduta.

E pensare che avrei avuto il fisico perfetto per la ginnastica ritmica: leggera, flessibile ed energica! Ma all'epoca nessuno mi ha mostrato le potenzialità che questa mia corporatura apparentemente gracile avrebbe potuto avere, se assecondata nella maniera giusta. A oggi non ho idea se sia successo perché mi sono posta in un certo modo, o se c'erano delle motivazioni esterne a me per le quali questa insegnante pensasse di doversi comportare così.

Tutto questo è incredibile soprattutto perché quando sono arrivata alle superiori ho iniziato a partecipare ai campionati studenteschi mostrando immediatamente delle buone capacità. Competevo nel salto in lungo, nella corsa, nella staffetta e nel salto in alto. Non avevo dei risultati fantastici, ma i miei piazzamenti mi permettevano di andare alle gare semiregionali, quindi dopotutto non ero così pessima. E non sono mai svenuta!

Non credo di essere diventata un'atleta di punto in bianco, probabilmente le competenze motorie c'erano già e per qualche motivo mi era stata negata la possibilità di esprimerle.

E poi ci si è messa la figlia di alcuni amici di famiglia, che era originaria del nostro stesso paesino e ogni estate tornava per le vacanze. Era un tipo estremamente sportivo, oltre a essere bella e brava in tutto. Sembrava un incrocio fra Sara Simeoni e Federer, una campionessa nata!

Mentre chiacchiera con altre ragazze, parla della sua intenzione di iscriversi all'ISEF, e allora le chiedo cosa fosse.

«Lascia perdere, non è qualcosa che fa per te...»

Io non sopporto che mi si dica cosa posso e non posso fare. Se un giorno dovessero dirmi: «Guarda che tu non puoi fare l'astronauta», dovrei stare attenta perché magari mi verrebbe l'idea...

A quei tempi lì l'ISEF era una scuola decisamente rinomata, e accedervi era molto difficile perché c'erano tre giorni di prove: un esame medico, una giornata di test pratici e una di prove di cultura generale. E io ho passato la selezione, alla faccia di chi non aveva creduto nelle mie capacità fisiche.

L'ISEF è stato il mio primo riscatto.

«Io non capisco perché tu non te la tiri» mi dice mia sorella mentre rientro da lezione.

«Ma no, ma perché...» ridacchio io un po' imbarazzata e un po' lusingata.

«Lucia, se io fossi al tuo posto me la tirerei andando in giro col borsone dell'ISEF per farlo vedere a tutti!»

Eppure non avevo molto della benzina che motivava gli altri iscritti, perché di solito chi ambiva all'ISEF era anche un atleta e aveva una percezione molto alta di se stesso. Ma essendo l'ISEF una scuola che sforna insegnanti, ed essendo l'insegnante e l'atleta due cose molto diverse, per assurdo sono stata più facilitata io che non avevo meriti agonistici di rilievo. Certo, alcune mie compagne erano addirittura delle nazionali azzurre, era un incubo confrontarmi con loro perché erano tutte bravissime! Però io ero tenace.

Ci ho messo anche un pochino di più del previsto, perché per un periodo mi sono persa, però non avevo nessuna intenzione di mollare e alla fine ho ritrovato la motivazione: colpo di coda, e via!

Avevo finalmente trovato il mio modo di affrontare la vita, e avevo capito che nessuno poteva decidere al posto mio cosa fossi davvero in grado di fare. Non lasciare che siano gli altri a scegliere per te, in ogni momento puoi prendere in mano la tua vita e cambiarla per sempre. Non è facile, arriveranno dei momenti in cui vorrai mollare tutto, ma quando arriverai in cima ai tuoi sogni, ti prometto che la vista sarà magnifica.

NESSUNO PUÒ SPEGNERE I TUOI SOGNI

«Nel momento in cui uno s'impegna davvero fino in fondo, allora si muove anche la provvidenza.
Ti vengono in aiuto mille cose che altrimenti non sarebbero successe.
Qualsiasi cosa tu possa fare o possa sognare di fare cominciala.
Il coraggio ha genio, forza e magia.
Cominciala, comincia adesso!»

JOHANN WOLFGANG VON GOETHE

Anni fa mi sono imbattuta in una intervista rilasciata da Paolo Nespoli, astronauta italiano dell'agenzia spaziale europea, con un aneddoto molto interessante. Prima di fare l'astronauta era stato nelle forze speciali italiane, e in Libano era stato assegnato alla scorta di Oriana Fallaci, importante giornalista e scrittrice. Nel ritorno verso l'Italia, lei gli ha chiesto cosa volesse fare nella vita. E lui, che aveva già ventisei anni, ha confessato: «L'astronauta». «Perché no?» rispose lei, e quella semplice risposta gli ha dato lo stimolo per superare gli ostacoli. Con i soldi guadagnati nelle forze speciali si è iscritto al Politecnico di New York, e ha iniziato il percorso per realizzare i suoi sogni.

Non è meraviglioso scoprire un esempio come quello di Paolo? L'energia che trasmette è speciale, quasi magica. Non ti dico quante volte ho letto e riletto quell'intervista. L'ho persino riscritta sulla pagina iniziale della mia agenda per averla sempre con me (ho preso l'abitudine a inizio anno di trascrivere le frasi che possono accompagnarmi ad affrontare i giorni nuovi. Prova anche tu!).

Tutti abbiamo dei sogni, ma con l'età si trasformano in una specie di ricordo infantile, qualcosa che non sembra possibile realizzare nella "vita vera". Invece bisogna trovare la forza di continuare a sognare, perché solo così si può trovare l'equilibrio. Come dice Charlie Chaplin nel film *Il grande dittatore*,

«Abbiamo dentro di noi il potere di rendere questa vita libera e magnifica.»

Io ho pensato di fare l'attrice a trentatré anni, in un paese come l'Italia dove se non inizi da ragazzina sei già vecchia. Nell'immaginario comune, l'attrice è una donna bella, spigliata, mentre io mi sentivo una reietta e mi veniva il mal di pancia all'idea di parlare in pubblico. Eppure un giorno, all'improvviso, mi è stato chiaro che fosse quello il mio destino.

È il 22 di dicembre. L'atrio della scuola materna è gremito. Vedo solo facce contente: papà, mamme, nonni, zii... ognuno al proprio posto pronto ad asciugarsi lacrime di commozione e gioia.
Anche i bambini sprizzano felicità ed energia. Stanno per andare sul palco, e non importa in che ruolo, ognuno di loro si sente protagonista per un giorno.
Solo io sono terrorizzata.
Sì, proprio io, quella vestita da drago verde, che già si sta scordando tutte le battute.

E dire che sono una delle persone che hanno messo in piedi lo spettacolo: sono la maestra! Ma come ci sono finita qui? Per l'ennesima volta qualcuno mi ha imposto qualcosa che non volevo fare, e io non ho saputo dire di no. Adesso è il mio turno. Calcolo per un nanosecondo le probabilità di salvare la faccia scappando via con una scusa, poi prendo un respiro ed esco oltre le quinte improvvisate. I miei occhi si riempiono di facce felici e attente. E inizio a recitare. Non solo mi ricordo tutte le battute, ma sento gli spettatori ridere nei momenti giusti, e vedo i bambini che quasi brillano da quanto sono orgogliosi del loro spettacolo. Del nostro spettacolo.
In quel momento capisco cosa voglio fare del mio futuro.

Quando ho deciso di fare questa professione però non immaginavo che sarei stata derisa, umiliata, insultata...

Mi hanno detto subito che ero troppo brutta e vecchia per questo lavoro, che al massimo potevo farlo a livello amatoriale. Lì ho visto improvvisamente tornare i vecchi meccanismi, ma questa volta avevo qualche strumento in più per non farmi schiacciare. Così mi sono detta: «Sai che c'è? Chissenefrega, ci provo lo stesso, e quello che viene, viene».

La cosa ridicola è che questi giudizi arrivavano soprattutto dagli addetti ai lavori. Credo che in alcuni casi fosse un modo per scoraggiare la concorrenza. Quello dell'attore è un lavoro considerato erroneamente per pochi eletti, e allora c'è chi crede che sia meglio accaparrarselo invece che fermarsi un attimo a pensare e capire che c'è abbondanza per tutti.

> Ho risposto all'annuncio di un'agenzia che cerca aspiranti attori, mandando una lettera di presentazione e una foto. Mi hanno scritto, e mi sembra di sognare. Allora è vero! Posso farcela! Sono galvanizzata, sento che ormai nulla può fermarmi.
>
> Parto per Roma, l'agenzia vuole farmi un provino.
>
> Quando mi ritrovo davanti alla telecamera, capisco che qualcosa non va. In realtà l'agenzia non ha un ruolo vero e proprio da propormi, ma vuole convincermi a fare un book fotografico. E il titolare dell'agenzia a un tratto mi si avvicina, come se volesse toccarmi il viso. Io, impietrita, non so cosa fare. Lui appoggia il pollice e l'indice sul mio naso, come a volerlo misurare, e mi dice: «Peccato, è troppo lungo».
>
> Vorrei rispondergli, dirgliene quattro, ma sono troppo sconvolta. Mi sta trattando come un animale da esposizione.
>
> Esco di lì pensando che gliela farò vedere io con i fatti, che il mio naso non è certo l'ostacolo

che pensa lui. Non lo so ancora in questo momento, ma la vita mi darà ragione. Solo qualche mese dopo comincerò la scuola di recitazione, e sarà l'inizio del mio percorso verso la carriera di attrice.

Sono stupita io stessa dalla costanza, dalla tenacia e dalla voglia con la quale ho deciso di non arrendermi. Questo episodio mi ha convinto sempre di più della necessità di farlo, anche se apparentemente il mondo a cui volevo appartenere mi considerava un'estranea. Ma quando sei "l'estranea" da tutta la vita, capisci che l'unico modo per riuscire a ottenere quello che vuoi è farlo e basta, con impegno e umiltà, senza lasciarti fermare dai giudizi altrui.

Per me è importante smettere di pensare che certi lavori siano solo per un'élite e che lo strumento di giudizio debba passare esclusivamente dalla bellezza. Il fatto di essere considerata brutta è stato uno dei motivi dominanti di tutta la mia vita, ma per fortuna ho capito che il lavoro dell'attore è altro. Il compito dell'attore è attingere alle emozioni, che sono patrimonio dell'umanità, e restituirne la verità allo spettatore per permettergli di immedesimarsi e vivere un'esperienza catartica.

Quando però avevo deciso di intraprendere questa strada, ero così piena di gioia che l'avevo detto subito a tutti.

E questa ingenuità l'ho pagata cara.

L'unico modo per riuscire a ottenere quello che vuoi è farlo e basta, con impegno e umiltà, senza lasciarti fermare dai giudizi altrui.

«Ma come, proprio tu, una che non parlava, una che era la reietta, che non aveva mai sentito prima il sacro fuoco della recitazione?»

Tornassi indietro, non lo farei. Quando si ha un sogno, bisogna imparare a preservarlo, perché è troppa l'energia che bisogna usare per difenderlo dal cinismo delle altre persone, da chi ha smesso di puntare sui propri sogni al punto da non credere nemmeno a quelli degli altri. Da chi preferisce distruggere i sogni altrui per non dover vedere che realizzarli è possibile.

Credo che molte di queste persone negative facciano così per non dover ammettere di avere sprecato il proprio tempo. Non vogliono essere messe davanti alla verità: non sono stati in grado di tutelare il proprio sogno, e se gli altri proteggono il proprio li fanno andare in bestia. Perché in quel momento, che tu lo voglia o no, sbatti contro il fatto che tu non hai difeso il tuo sogno, non hai avuto il coraggio di proteggere quella piccola luce che senti dentro e che tutti hanno.

E invece quella piccola luce va preservata, fino a farla brillare come una stella.

Qualsiasi cosa tu stia studiando o abbia studiato, non fare che questo condizioni la tua vita, se ti accorgi che vuoi fare altro. Qualsiasi sia il tuo luogo di provenienza, non fare che ti renda straniero dove invece ti senti a casa. Puoi sempre ipotizzare e inseguire una vita diversa. È difficile, richiede impegno, può far male a volte, ma è l'unico modo per sentirti davvero te stesso.

Anche se ci sarà sempre qualcuno che cercherà di fermarti. Quando sento gli adulti che cercano di affossare i sogni dei ragazzi, che non danno importanza al sogno, che hanno da ridire su qualsiasi deviazione dalla norma, mi viene da dire: «Ma scusa, tu non hai avuto delle opportunità? E allora perché non vuoi darne a loro?». Penso che quel meccanismo mentale tanto diffuso sia abbastanza illogico, persino innaturale, perché la mutevolezza è scritta nel fluire stesso dell'esistenza. La vita scorre libera e sorprendente, non puoi metterle tutti questi paletti.

Questo atteggiamento l'ho visto tante volte, in occasioni diverse. Per esempio ho fatto dei corsi per doppiatori in cui alla domanda «Ma come bisogna fare per svolgere questo lavoro?» alcuni professionisti puntualmente rispondevano: «Lasciate perdere». *Sbam!* «Perché c'è poco lavoro, perché bisogna fare questo e quello.» Ma io trovo che non sia giusto dire una cosa del genere. Sarebbe molto più onesto e veritiero spiegare: «È difficile, sappiatelo, ma si può». Perché è così, si può.

Devi chiarire con te stesso come e perché, devi sapere che ci sono sacrifici importanti da fare, perché più decidi di fare un mestiere che si appoggia sui tuoi sogni più si smuovono delle cose dentro di te e anche fuori. Ma nonostante questo, ce la puoi fare.

Dopo aver capito di aver fatto un errore, mi sono un po' chiusa. Anche perché ho scoperto che ci avrei messo più tempo di quanto immaginassi per diventare attrice, e non credevo di avere le forze di sostenere le mie idee davanti a questa corte di giudici che non vedevano l'ora di guardarmi cadere. Un po' credo che anche questo abbia influito sul tempo che mi ci è voluto, però come si dice, «tutto arriva per chi sa aspettare». E anche questa è un'arte che bisogna saper mettere in pratica.

Ma perché ho incontrato tutta questa negatività?

Quando c'è un cambiamento io penso che la difficoltà maggiore sia l'accettazione degli altri verso la tua spinta a cambiare, non la tua capacità di cambiare in senso stretto. Ed è questo che ti spinge a limitare il cambiamento, che ti fa dire già a priori: «Lasciamo perdere non cambio perché così limito i danni». La paura che gli altri ti chiedano conto di ciò che stai facendo, per giudicarti.

E molti sono pronti a dire: «Ma io ti ho sempre conosciuto così, come mai hai cambiato direzione? Oh, mi hai cambiato i riferimenti, ma come ti permetti!».

Se è vero che noi siamo in continuo rinnovamento, al punto che le cellule del nostro corpo sono completamente diverse rispetto a quelle di sette anni fa, perché non possiamo permetterci di rimetterci in gioco, stravolgere completamente la nostra vita, senza trovare resistenza da parte degli altri?

Per una persona come me, così timida e paurosa, con un senso di inadeguatezza profondo, riuscire a fare questo passaggio era quasi impensabile. Eppure quando ho deciso di fare il mestiere dell'attrice il mio

Qualsiasi cosa
tu stia studiando o abbia
studiato, non fare che
questo condizioni
la tua vita, se ti accorgi
che vuoi fare altro.
Qualsiasi sia il tuo luogo
di provenienza, non fare
che ti renda straniero
dove invece ti senti
a casa. Puoi sempre
ipotizzare e inseguire
una vita diversa.
È difficile, richiede
impegno, può far male
a volte, ma è l'unico modo
per sentirti davvero
te stesso.

desiderio deve essere stato talmente profondo, talmente radicato, che tra la paura del cambiamento e la necessità di cambiare ha vinto la necessità. Quando mi si affacciava anche solo il barlume della sconfitta, quella parte di me che mi spingeva ad andare avanti si risvegliava in me, facendomi dire: «No, dai. Ce la posso fare, dai, proviamo di nuovo».

Soprattutto i primi tempi è stato pesante. Sei tu, davanti a una telecamera che evidenzia tutto, occhiaie, naso, mento... per una come me che non aveva neanche il coraggio di guardare in faccia le persone è stato un grossissimo salto nell'ignoto.

E quando vedi che tutto il mondo ti passa davanti, e ti dice che sei vecchia e brutta, è davvero dura.

Madre Teresa di Calcutta, santa moderna, ma soprattutto suora e donna pratica diceva:

> «Vai avanti anche quando tutti si aspettano che lasci perdere.»

Dobbiamo tutti proteggere questa piccola luce che ognuno ha dentro di sé. Bisogna tutelare il proprio sogno, e quello degli altri, imparando a non opporsi al cambiamento. E questo si applica alla vita in generale, non solo alle passioni. Tu puoi vivere nel modo più incasinato possibile, ma trenta secondi dopo puoi ipotizzare una vita diversa, in cui i sogni si possono realizzare davvero. È difficile, sappilo, ma si può. Chiarisciti il perché, renditi conto che ci sono sacrifici importanti da fare, ma una nuova vita è possibile.

Ho avuto momenti in cui per me è stato difficile lavorare. La mia carriera è stata particolare, disomogenea. Nei diciotto anni in cui mi sono dedicata a realizzare il mio sogno di diventare un'attrice si sono mischiati la gavetta e il professionismo, il teatro e la televisione... Non è stato un percorso lineare, e ho fatto molta fatica. Ma ogni volta che mi si affacciava il barlume dell'idea di gettare la spugna, capitava sempre una piccola svolta positiva, arrivava quel segnale dall'esterno che mi faceva di nuovo sentire al posto giusto e mi faceva dire: «Ce la posso fare, riproviamo!».

Credo sia molto importante essere aperti e pronti a cogliere i segnali positivi che ci arrivano, perché anche una cosa molto piccola, un colpo di fortuna casuale o un commento gentile, possono diventare benzina per la tua motivazione.

Mantenendo alto il livello di coraggio e di fiducia, puoi affrontare tutte le difficoltà. Ed è sempre una questione di possibilità. A dispetto anche dei condizionamenti sociali che ti vengono passati all'interno della famiglia o della scuola, e che quindi ti sembrano insormontabili perché arrivano da persone importanti per la tua crescita interiore. Devi sapere che la possibilità esiste.

Steve Jobs diceva: «Siate affamati», e si tratta di una fame di crescita, della ricerca di importanti tessere interiori. Perché quanto tu riesci finalmente a mettere le tessere al loro posto nel mosaico del tuo essere, tutto il resto si adatta.

LA BELLEZZA

«La bellezza di una donna non dipende dai vestiti che indossa né dall'aspetto che possiede o dal modo di pettinarsi. La bellezza di una donna si deve percepire dai suoi occhi, perché quella è la porta del suo cuore, il posto nel quale risiede l'amore.»

AUDREY HEPBURN

Ho riflettuto a lungo sul concetto di bellezza, soprattutto perché spesso veniva indicata come qualcosa che mi mancava.

Ma che cos'è davvero la bellezza?

Io credo che sia importante riuscire a dire: «Va bene, ho queste fattezze, ho questo su cui poter contare», non con rassegnazione ma con piena accettazione. Se riesci a tradurre al meglio quello che hai, l'impatto sulla tua vita è migliore, e ti risparmi tutta una serie di corse inutili verso modelli astratti. Di sicuro è capitato anche a te: ogni volta che entra nel tuo campo visivo un nuovo input, è difficile evitare di sentirlo come un richiamo personale. E allora ti chiedi perché non hai il naso di una certa forma, i capelli fatti in un certo modo, la corporatura di un certo tipo...

Se cerchi di raggiungere quelli che sono gli stereotipi degli altri, e non vai invece a rafforzare ciò che hai già a disposizione, ti imbarchi in una corsa che non porta da nessuna parte. È tutto un affanno, una stanchezza che ti fa perdere di vista la cosa importante: riuscire ad accettarsi e dare il meglio.

Quando riesci a raggiungere questa presa di coscienza, la tua vita non è più la stessa. Il primo cambiamento che fai deve essere per forza interiore. Non riuscirai a cambiare niente di esteriore, altrimenti. Tutti abbiamo l'illusione di dire: «Adesso vado in palestra, faccio questo e quello...», ma il primo cambiamento parte da dentro. E quando parte, fuori tutto si adatta. E allora dall'amore per te stesso arriva una consapevolezza maggiore, e magari trovi ciò che ti è più affine anche negli altri, perché tu sai chi sei.

Io ho deciso di accettarmi per quella che ero e mettere in luce ciò che avevo di bello fino a farne un'eccellenza. Credo sia una delle cose migliori che abbia mai realizzato.

Quando parlo in particolare alle ragazze, vedo che spesso sono ossessionate dalla paura di non essere belle, perché ancora oggi buona parte del mondo attorno a noi associa la bellezza, soprattutto femminile, alla competenza, alla bravura, alla capacità. È come se la mancanza della bellezza possa portare ad avere in qualche modo meno valore in generale.

Lo vedi quanto è sbagliato?

Però io credo che questa sia un'era in cui si può fare la rivoluzione, qualche piccolo segno di cambiamento è già visibile: adesso una persona come me, se decidesse di iniziare la carriera dell'attrice, incontrerebbe meno ostacoli perché il mondo dello spettacolo inizia timidamente ad aprirsi ad altri tipi di fisicità rispetto a quelli classici.

In questo senso noi adulti dobbiamo imparare ad agire e scardinare certi preconcetti: abbiamo davanti dei giovani e delle giovani che rischiano di perdersi, e dobbiamo fare in modo che il loro mondo diventi inclusivo e accogliente, senza stereotipi.

Sono in Bulgaria, sto girando una fiction con Virna Lisi, un'attrice straordinaria dal grandissimo fascino anche ora che non è più giovane. Lei è tosta, tutti sul set la trattano con deferenza. Io mi sento ancora quasi in dovere di scusarmi per non essere l'immagine classica dell'attrice, e i rapporti con il bello del set un po' mi mettono in difficoltà.
In una pausa, mi ritrovo a dire: «Guarda, io non so cosa ci faccio qui con voi che siete tutti fighi...»
E lui mi risponde: «Eh, ma sai, c'è necessità dell'attore bello, perché il pubblico lo reclama».
Qualche giorno dopo Virna Lisi è accanto a me in pausa pranzo, e io mangio sempre molto, e mi dice: «Ma come fai a mangiare così?».
«Ma guardi, signora,» rispondo io «lei mi dice che sono fortunata, ma non sa cosa darei per essere bella come lei.»
Virna Lisi, un'icona del cinema italiano, si ferma di colpo a guardarmi, e mi dice: «Ma perché? Che bisogno ne hai? Intanto tu sei bella a modo tuo. Ma poi sei brava, sei simpatica, capace e intelligente... a che ti servirebbe somigliarmi?».

Il fatto che una persona come lei, un mostro sacro del grande schermo, mi abbia detto una cosa del genere, è stato un catalizzatore di buoni pensieri. Ho finalmente razionalizzato una cosa importante, che dentro di me avevo già un po' maturato: non devo essere bella per fare l'attrice, devo essere brava.

E invece spesso si confondono i piani, quando il vero talento, la vera capacità di recitare incarnando qualcosa di universale, non risiede nell'aspetto. È questa capacità di entrare in un personaggio e renderne visibile l'essenza, ed è talmente immensa che non può solo essere percepita dall'occhio. È riduttivo legarla alla piacevolezza estetica. Il concetto stesso di bellezza è qualcosa di più grande, di profondo. Se rimani sulla superficie dei canoni imposti dalla società, stai limitando innanzitutto te stesso, oltre che gli altri.

Se si capisse che questa mania della bellezza è solo una macchina perversa dettata da una domanda economica mal posta, le cose cambierebbero. Non sono le persone a dover adattare il proprio aspetto e le proprie caratteristiche estetiche al mercato, ma l'esatto contrario.

Invece di conformarti a qualcosa di standardizzato e omologato, puoi iniziare a pensare in modo rivoluzionario. Come disse Eleanor Roosevelt:

«Il futuro appartiene a coloro che credono nella bellezza dei propri sogni.»

L'IMPORTANZA DEL DIALOGO

«Il coraggio è quello che ci vuole per alzarsi e parlare; il coraggio è anche quello che ci vuole per sedersi ed ascoltare.»

SIR WINSTON CHURCHILL

Io penso che il vero cambiamento cominci da ognuno di noi.

Ogni singola persona ha un grandissimo potenziale: basta anche solo un elemento di discontinuità, uno solo, per riuscire a mettere davanti agli occhi di tutti un problema che fino a quel momento veniva ignorato. Una mano tesa al momento giusto può dare la possibilità alle persone in difficoltà di rialzarsi, di capire che nulla è scritto e tutto può migliorare davvero. A volte devi solo trovare il coraggio di fermarti un po' per gli altri, guardarli davvero e riconoscere la loro battaglia interiore, perché veramente basta una persona che dica: «Guarda che non sono d'accordo» e la prospettiva di tutti cambia.

E anche se fino a un attimo prima eri tu quello a terra, sappi che l'attimo successivo può essere quello della svolta.

Mi rendo conto che a volte i contesti in cui ci muoviamo sembrano opporre una forza gigantesca a questa spinta verso il miglioramento, anche quando dovrebbero essere i primi baluardi dell'inclusione e della pos-

A volte devi solo trovare
il coraggio di fermarti
un po' per gli altri,
guardarli davvero
e riconoscere la loro
battaglia interiore.

sibilità di crescere. Penso in particolare alla scuola, dove spesso vengono ignorate o non riconosciute situazioni di grande disagio interiore, proprio come quella che ho vissuto io durante la mia infanzia e la mia adolescenza.

La scuola non dovrebbe essere un luogo in cui andare soltanto perché si è costretti, magari con il mal di pancia e le ginocchia che tremano perché la paura è tale da bloccarti, con l'unica speranza che la giornata passi in fretta e che il suono dell'ultima campanella ti liberi dai tuoi tormenti. La scuola dovrebbe essere spumeggiante e colorata, trascinante e inclusiva, e ognuno di noi può contribuire a renderla così.

Prima di fare l'attrice, ho fatto la maestra alle elementari, e tornare a scuola per me è stato un modo per cercare di rompere gli stereotipi, e portare un po' di positività e ascolto.

Perché a volte quello che serve è tutto qui: positività e ascolto.

Ho appena iniziato a insegnare, e mi hanno assegnato una supplenza in una quinta.
Quando arrivo, la collega che mi accoglie per accompagnarmi dai ragazzi mi ferma in corridoio con aria seria e mi dice: «La classe in cui stai per entrare è un vero disastro. È una quinta molto problematica, che non ascolta e fa confusione, con dei ragazzi molto problematici al suo interno. Mi raccomando, non aprire le finestre per nessun motivo».

«Perché?» domando io perplessa.
«Perché altrimenti scappano fuori» mi risponde lei lapidaria, iniziando poi un lungo elenco di tutti i terribili rischi che mi aspettavano entrando in quell'aula.
Quando ho finalmente varcato la soglia, mi trovo davanti un gruppo di ragazzini chiassosi e vivaci. Non dei mostri, né chissà quali incalliti delinquenti, ma dei semplici ragazzini un po' scalmanati. Ecco cosa vedo. Occhi accesi e guance rosse.
È maggio, e il sole che entra dalle finestre è davvero molto caldo, così dopo essermi presentata apro le finestre. E intanto sto chiedendo a tutti di parlare un po' di loro stessi, per conoscerci. Quella passata insieme è un'ora piacevolissima, e nessuno cerca di fuggire dalle finestre, perché è più importante fare parte della conversazione.
È più importante essere ascoltati.

Forse se non avessi vissuto tutte le mie difficoltà, oggi potrei non avere acquisito certe sfumature caratteriali che mi contraddistinguono e che mi permettono di entrare in connessione, in empatia con gli altri. Forse non avrei la capacità di relazionarmi ai ragazzi con onestà, con sincerità. Invece mi viene naturale, e lo faccio molto volentieri ogni volta che ne ho la possibilità, perché mi sarebbe piaciuto che qualcuno avesse trovato il coraggio, la sensibilità e l'interesse di farlo per me. È questo che fa la differenza, dire: «Io ci sono, ti vedo, ti ascolto, e mi interessa realmente di te».

Questo tipo di onestà si sente, e costituisce le fondamenta di un rapporto reciproco in cui entrambe le parti possono trovare comprensione e arricchimento. È come dire senza mezzi termini: «Io sono qui per voi, e la stessa cosa pretendo che sia da parte vostra». Perché il tempo da entrambe le parti è preziosissimo, quindi va rispettato e usato al meglio.

LA RIVOLUZIONE DELLA VERITÀ

«La sera insegna ad attendere il giorno, che arriva come sempre, a chiudere i passaggi della notte.»

FRANCO BATTIATO

«Perché non sei su Instagram? Ah, non hai Facebook? Almeno Twitter… Guarda che se non stai sui social non ti vede nessuno, e nessuno ti farà lavorare!»

Ho sempre avuto un atteggiamento di pacato rifiuto verso i social.

Non mi piaceva l'idea che per fare il mio lavoro di attrice fosse necessario esporre me stessa in quel modo, condividere le mie foto e i momenti della mia vita per attirare l'attenzione. Non è il mio modo di essere, io voglio essere riconosciuta per la mia preparazione e le mie capacità: il sistema dei like e degli ammiccamenti, della perfezione a tutti i costi e delle finte pose naturali non fa per me.

Poi è arrivato il Covid-19. All'inizio avevano capito in pochi la portata di questo virus, e in pochi immaginavano quanto avrebbe cambiato le nostre vite. Sarà che mio marito è un medico, o forse ho solo avuto l'intuizione giusta, però ho sentito il bisogno di diffondere il più possibile la consapevolezza della necessità di fermarsi, stare a casa, fare attenzione. E ho capito di avere un grande potenziale inespresso: potevo raggiungere migliaia di ragazzi, diffondendo messaggi di prudenza e speranza. E questo sarebbe stato solo l'inizio.

Qui è entrata in scena Piera.

Lei era stata per ben quattro anni la mia autrice e il mio principale riferimento al docureality ambientato in un collegio, e c'eravamo lasciate dicendo che ci avrebbe fatto piacere lavorare ancora insieme. Sai quelle cose che butti lì sperando che sia possibile davvero? L'ho chiamata e le ho detto: «Allora guarda, io voglio iniziare davvero a parlare al mio pubblico, se tu ci stai forse possiamo farlo insieme».

E lei ha detto sì senza esitazioni, diventando non solo la mia referente per il mondo digital, ma anche la mia agente. Forse è la prima volta nella mia vita che mi rapporto con una donna che ha capito in anticipo tante cose su di me, sui rapporti interpersonali e su cosa sia davvero importante da un punto di vista espressivo e comunicativo, e sa davvero fare squadra.

Ci siamo messe a lavorare in particolare sui social, che spesso rappresentano il parallelo tra la vita reale e la vita che tu vorresti avere, dove tutto è bellissimo e perfetto, e al primo scivolone vero o presunto scatta subito il giudizio.

All'inizio avevo il timore che non mi seguisse nessuno, non sapevo se avrei davvero avuto la forza di raggiungere il mio pubblico, ma l'idea che avevo in

I social spesso
rappresentano il parallelo
tra la vita reale e la vita
che tu vorresti avere,
dove tutto è bellissimo
e perfetto, e al primo
scivolone vero o presunto
scatta subito il giudizio.

testa era talmente importante e necessaria, da fregarmene del giudizio. Se fossi riuscita a dire quello che per me era fondamentale, se la mia presenza sui social fosse stata in grado di smuovere le acque e portare almeno una piccola scintilla di cambiamento, l'obiettivo sarebbe stato raggiunto. Tutto il resto non contava, e non conta nemmeno ora.

In questo momento della mia vita io sono più forte del giudizio altrui. Voglio usare i social per comunicare, parlare davvero ai ragazzi e raggiungere i loro cuori e le loro coscienze con messaggi che per me sono importanti. Voglio dire: «Ragazzi miei, è arrivato il momento di far vedere che valete per quello che siete davvero, non per quello che vi impongono gli altri».

Sono contenta di non aver ceduto alle lusinghe dei social prima di capire quale fosse davvero il loro potenziale espressivo per me, perché sarebbe stato un disastro. C'è bisogno di contenuti veri, autentici e motivazionali, non ha senso esserci solo per farsi vedere. E soprattutto bisogna avere il coraggio di aspettare, non sentirsi in dovere di fare le cose solo per adeguarsi al resto del mondo.

Voglio mostrarmi sui social per quella che sono davvero, nella mia unicità e anche nei miei difetti. Se si capisse che questa mania della bellezza è solo una macchina perversa, potremmo liberarci di molte costrizioni. Sono i meccanismi economici che devono adattarsi a tutte le tipologie di persone, e di donne in particolare, non viceversa. Coloro che vengono dopo di noi devono avere il modo di sentirsi più forti e condizionare il mercato, scardinando alcuni preconcetti e alcune abitudini tossiche.

Per questo mi mostro anche con la ricrescita, le occhiaie, poco trucco... Non potrei mai inseguire un'immagine costruita, un ideale di perfezione innaturale. Per me questo punto è essenziale, perché nei ragazzi di oggi c'è ancora più fragilità di quanta ne sentissi io, visto che sono esposti online alla possibilità di critiche estremamente feroci, e voglio comunicare la possibilità di andare oltre.

Anche se ogni tanto gli adulti remano contro, come quando una signora ha sentito la necessità di venire a criticare alcune foto sul mio profilo scrivendo: «Eh, ma qui non potevi farti i capelli?». Invece che essere contenta per il tentativo di abbattere uno stereotipo, era lì a cercare il difetto a tutti i costi.

Ma intanto le cose lentamente stanno cambiando, non sono l'unica a mostrare che è possibile, e pian piano se ne sta accorgendo anche il mercato, con una comunicazione più inclusiva. Siamo solo agli inizi, ma quando sono sostenuti e incoraggiati, gli adulti di domani possono fare grandi cose.

Ragazzi miei, è arrivato
il momento di far vedere
che valete per quello
che siete davvero,
non per quello che vi
impongono gli altri.

IL MIO AUGURIO

«Abbi fiducia in ciò che ami, continua a farlo, e ti porterà ovunque tu voglia andare. Non preoccuparti più di tanto della sicurezza. Quando si comincia a fare ciò che si vuol fare, arriva anche un profondo senso di sicurezza.»

NATALIE GOLDBERG

Mi piace l'idea di accompagnarti alla fine di questo libro con una citazione del genere. Credo che riassuma bene il messaggio che vorrei farti arrivare e cioè che tutti nella vita viviamo o abbiamo vissuto momenti di paura e insicurezza.

Anche le persone più insospettabili, quelle che hanno raggiunto traguardi importanti, hanno dovuto confrontarsi con pensieri di ansia e inquietudine, ma questo non è bastato a fermarle. Sono certa che anche tu riuscirai a sconfiggere ciò che in questo momento ti blocca e non ti permette di vivere fino in fondo l'idea di te stesso in modo più completo.

Non so cosa tu stia affrontando ora o cosa tu voglia raggiungere, ma sono certa che troverai dentro di te delle maestose ali di cigno per volare sempre più in alto verso i tuoi sogni. Proteggili, perché sono come una piccola fiamma che va alimentata costantemente, giorno dopo giorno, e soprattutto salvaguardata dalle folate del cinismo e dalla paura altrui.

Resta vigile, perché non si sa da dove possa arrivare l'intuizione che cambierà la tua vita, ma anche umile, perché trovare qualcuno più bravo di te è un dono dell'universo per farti migliorare e andare oltre.

A questo punto, mi sembra di averti detto tutto quello che mi sarebbe piaciuto sentire quando ero triste, sola e spaventata. Quindi penso che sia arrivato il momento di salutarci e per farlo ti lascio ancora un piccolo ricordo della mia vita. Quando ero piccola giocavo con una bambola che io chiamavo "Rossella sempre in piedi". Alla base aveva un peso che le permetteva di rimettersi sempre dritta in qualunque direzione io la spingessi. Prova anche tu a fare come Rossella, nella tua vita. Qualunque cosa succeda, recupera le forze e alzati, perché il momento successivo dona nuova linfa, nuova possibilità.

È stato bello portarti fino a qui, ma questo non è un addio, è un arrivederci. Ora che ho trovato il modo per usare la mia vera voce, senza curarmi dei giudizi altrui, non smetterò di usarla per comunicare ciò che reputo importante.

Indice